一切无不与童年有关

剑桥儿童文学对话

赵 霞 等／著

中国少年儿童新闻出版总社
中国少年儿童出版社
北 京

序

　　2019年10月至2020年10月，我在英国剑桥大学儿童文学研究中心访学一年。本书由我在访学期间与同行的学术对话和学术演讲汇集而成——其中包括与英美学者、作家、翻译家及央视编导所做的学术对谈，以及我应邀为剑桥大学儿童文学研究中心、伦敦大学学院教育研究院孔子学院第十七届全英汉语教学年会、利兹大学当代华语文学研究中心所做的三次学术演讲。因为这些对谈和演讲都是我在剑桥期间进行的，故名《剑桥儿童文学对话》。其中一些活动，在我抵达剑桥不久便已约定，后来受到疫情影响，大部分交流只能在网上进行，一些朋友未能面见，是为遗憾。但线上交流并不影响彼此的专业热情，虽然在线对话结束时，我们总会慨叹，

I

但愿疫情早日结束，朋友们有再相聚的机会。

某种意义上，本书也是疫情时代一次特殊的学术纪念。

书中对话和演讲的话题，涉及中外儿童文学的宏观理论、创作前沿、文学翻译、国际交流与传播、教育教学以及更广泛的童年文化等各个方面。虽是对谈，方式其实各有不同。有时我们会约定若干焦点问题，并为此邮件来回探讨，确定话题范围。有时则只有一个大概的谈话主题或方向，只管敞开来畅谈。不论何种方式，对谈的海阔天空和即兴碰撞，常常带来意想不到的收获与惊喜。在此过程中，令我感受深切的是来自不同地域、文化、学科背景的各位专业人士对儿童和儿童文学问题的真诚关切与深刻思考。事实上，谈论儿童和儿童文学，对我们来说，很大程度上也是在谈论自己——自己的认识、观念、信仰和对未来的想象。

一切无不与童年有关，因为它代表了我们社会文化和日常生活中的一种根本关切：关心一个孩子，关心我们最柔弱的幼年，关心生长和成熟，此刻和远处。这是永恒的话题，也是无尽的话题。时至今日，我们可以怎样谈论儿童与儿童文学？本书的对谈与思考既是探索，也期望能为同行者提供一些有意义的线索。

需要说明的是，本书中有七篇对话、三篇演讲以英文进行，由我根据录音整理并尽量忠实原意翻译成中文。

感谢各位对谈的专家和友人：乔·萨特里夫·桑德斯博士、凯伦·科茨教授、汪海岚博士、郁蓉女士、蔚芳淑博士、李见茵女士。得知本书准备出版的消息，他们都在第一时间给予了出版社书面授权。感谢剑桥大学儿童文学研究中心、伦敦大学学院教育研究院孔子学院、利兹大学当代华语文学研究中心参与交流和对话的师生们。

本书收入的对话、演讲曾在《文艺报》《文学报》《中华读书报》《儿童文学选刊》《浙江作家》等报刊发表。感谢这些报刊的编辑朋友。

感谢中国少年儿童新闻出版总社张晓楠总编辑的支持。

感谢为这本书的编校、设计付出许多心血的责编包萧红女士、韩春艳女士，美编朱曦女士。

还要感谢我的丈夫卫平和儿子对对，在剑桥的每一天都因你们而变得更加可爱，更加珍贵。

赵霞

2022 年 2 月 6 日改定

目录

1

Part 2

跋

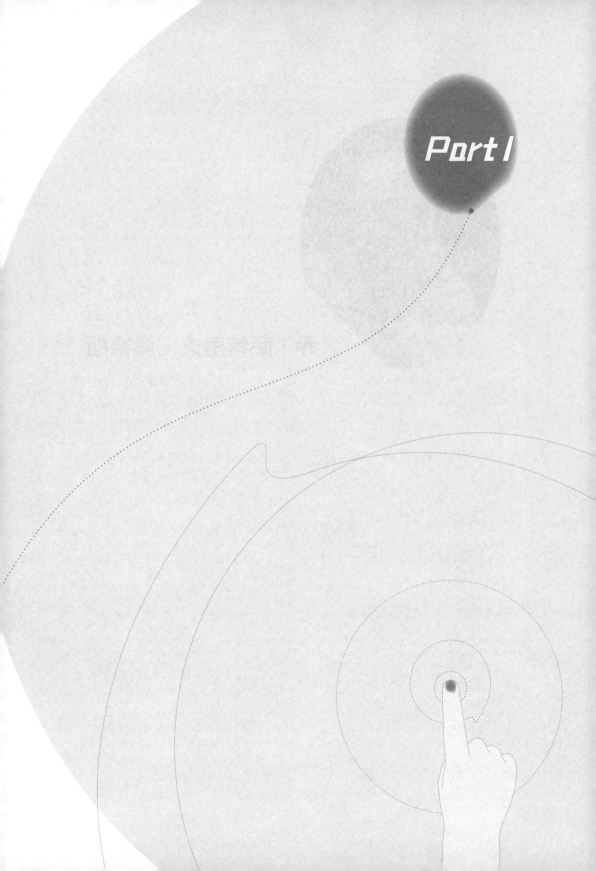

Part 1

对话

乔·萨特里夫·桑德斯

·2020 年 1 月 14 日

乔·萨特里夫·桑德斯（Joe Sutliff Sanders），原美国堪萨斯州立大学教授，现任职于剑桥大学儿童文学研究中心，并担任《教育中的儿童文学》（*Children's Literature in Education*）杂志编委。著有《规训女孩——理解经典孤女故事的源头》（*Disciplining Girls: Understanding the Origins of the Classic Orphan Girl Story*）、《问题的文学——非虚构文学与批判的儿童》（*A Literature of Questions: Nonfiction for the Critical Child*）等学术著作。

知识、诚实与文学性

——关于非虚构儿童文学的对话

近年来，中西儿童文学界对于非虚构儿童文学的关注逐渐升温。作为儿童文学的一个重要门类，非虚构儿童文学的概念、特征、美学价值等，均有待进一步探讨澄清。2020 年 1 月 14 日，围绕非虚构儿童文学的现状与相关理论话题，赵霞与剑桥大学学者乔·萨特里夫·桑德斯在剑桥儿童文学研究中心进行了一次对话。

关于《问题的文学——非虚构文学与批判的儿童》

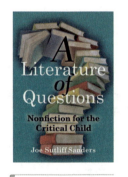

《问题的文学——非虚构文学与批判的儿童》
乔·萨特里夫·桑德斯／著
明尼苏达大学出版社

赵霞： 最近读了你的《问题的文学——非虚构文学与批判的儿童》，我一边读，一边在想，乔原本可以给它起一个更唬人的书名，比如"非虚构儿童文学中的政治"或者"非虚构儿童文学中的意识形态"，那样也许理论感更强。但我喜欢现在的书名：问题的文学，这显得更加朴素而清晰。

乔·萨特里夫·桑德斯（以下简称"桑德斯"）：这样开始我们的对话挺有趣的。其实书名不是我起的，是出版方选了这个题目。我曾经考虑过这个标题，不过我更想使用另外一个标题：谦逊的真理。可是它好像又不那么清晰明了，所以那应该不是一个好选项。我起初之所以不愿意称其为"问题的文学"，是因为美国圣选戈有位女士之前出了一本有关非虚构儿童文学的书，她称其为"事实的文学"。我觉得如果我给这本书取名"问题的文学"，好像我在跟她唱对台戏似的，这并不是我的本意。

赵霞：从书里能看出来，你不喜欢争吵，你希望的是彼此对话。

桑德斯：没错，让我们来场对话，这更合乎我的意思。

赵霞：你的这本书是关于非虚构儿童文学的，我刚才说了，写得非常朴素。你使用的语言并不复杂，谈论的却是很深刻的观点。逐章阅读时，我不知不觉地沉浸在你的文字和论证里……

桑德斯：我写作这本书的方式，好像就是为它的内容量身定制的。也许"量身定制"这个词并不准确。近六七年来，我发现自己越来越倾向于做一个对话型的作家，而不是一个严格、精确的写作者。这本书可能有一个问题：它想向人们提供有关文学的观念，与此同时，它又不信任那种将观念拱手奉上的书籍。我的意思是，在这本书里，我对非虚构文学有点儿不信任，有点儿怀疑。我认为，当他人进行言说的时候，我们应该始终处在提问的状态，但很多非虚构类文学作品都不希望你提出问题。

赵霞：这种现象挺常见。

桑德斯：是的。所以，我不想写一本拒绝提问的书。我希望这是一本鼓励提问的书。批判性思维就是这么来的。能够提出问题，甚至是相反的问题，这会带给你愉悦感。

非虚构儿童文学的现状

赵霞：我一直觉得，非虚构文学在儿童文学里是一个"较低"的分支。"较低"的意思，绝不是说它不重要，而是它受到的关注比较少。许多虚构类儿童文学作家及作品，我们都能如数家珍，像安徒生、《彼得·潘》（Peter Pan）……随便什么时候，提起来就能谈。相比之下，非虚构儿童文学作家和作品就不那么知名了。但实际上，非虚构文学是我们少年时代一种非常重要的阅读类型。很多时候，我们只是没有意识到自己正在阅读的是非虚构文学。

桑德斯：是的。

赵霞：中国古代哲学家庄子说过一个词"每下愈况"，它的意思是，如果你想了解某件事物，不必从它最显著的地方看起，而应去往低处。越是走低，就越接近这件事物的实际情况和真实状态。在我看来，某种程度上，非虚构儿童文学正是这样一个可供检视的分支。这是我多年来的观察：如果一个国家或地区的儿童文学非常发达，它的非虚构儿童文学作品往往做得不错。反过来，如果一个国家或地区有悠久的非虚构儿童文学传统和优秀的非虚构儿童文学作品，往往其儿童文学的总体发展也比较先进。我对出色的非虚构儿童文学作品满怀热爱，但是它们的数量太少了。所以，就让我们先来谈一谈英语世界非虚构儿童文学的现状吧。

桑德斯：英语世界是个大概念，而且内部有很多差异，所以我谈的情况可能无法覆盖全部。但我还是想说，在这里，大多数人都认为非虚构儿童文学包含了一种无可避免的原罪。人们认为，你不能指望非虚构儿童文学是"好"的，而只能期望它是"真"的。当然，现在很多人对这个想法提出了质疑。

赵霞：这大概就是非虚构儿童文学面临的困境：它是知识性的，但同时也应该是文学性的。

桑德斯：没错。我的背景是文学研究，而非教育研究。文学研究者研究非虚构文学时遇到很多麻烦。在我之前，不少人做过非虚构文学的研究，但大多数都倾向于使用非虚构文学来论证历史事件的情况。比如，他们研究二十世纪八十年代出版的非虚构文学作品，但不是研究文本本身，而是用它来论证二十世纪八十年代发生的事情。

赵霞：所以，他们其实不是在谈论非虚构文学，而是在谈论非虚构文学传递的讯息。

桑德斯：我希望从文学的角度来讨论非虚构儿童文学，能像谈论《青铜葵花》那样，谈论非虚构儿童文学丰富的内涵，优美的表达，真挚的情感，巧妙的结构。所以，我想要建构一种与前人有些不一样的非虚构儿童文学理论。

赵霞：如你所说，非虚构儿童文学不是事实文学。我们从非虚构文学作品中获取信息是一回事；我们以怎样的方式从非虚构文学作品中获取信息，则是另一回事。实际上，对于非虚构文学，我们也许常常视其为一种非文学。

桑德斯：没错，非文学。这是个好词。

定义非虚构儿童文学

赵霞：你在书中提到了非虚构儿童文学与教科书的区别。教科书里也有许多知识类或信息类的文章，但那不是非虚构儿童文学。那么，你愿不愿意给你心目中的非虚构儿童文学下一个简单的定义？我知道，这种下定义的要求有时候非常恼人。

桑德斯：大概不愿意。如你所说，在书中，我主要是通过非虚构儿童文学与教科书之间的区别来定义它的。如果非要定义，我想，非虚构儿童文学是这么一类作品：它们在意的是如何与感兴趣的读者共享知识。而教科书只在意提供知识，对共享知识则不感兴趣，而且也不关心读者是否感兴趣。

赵霞：所以，你仍然在意非虚构儿童文学中的知识，只是，你在阅读和研究非虚构儿童文学时，更在意另一件易被忽略但又非常重要的事情——是与读者共享知识，还是像一个权威者那样灌输知识。

桑德斯：是的。在教科书与其读者的关系里，知识是自上而下传递的。但在我看来，非虚构儿童文学是讯息的分享。分享的状态下，人们可以拒绝讯息。就好比有人送给我礼物，我可以不接受，或者我可以先接受它，装作喜欢，回头再把它丢掉。这就是我想象中的非虚构文学。在这里，讯息共享的二者之间不一定是平等关系，但能够互相来往，或者互相抵抗。

赵霞：我以为，不论是从作家还是读者的角度来看，"分享"一词都将你的非虚构儿童文学概念与传统的非虚构儿童文学概念区别开来。是否带着分享的观念写作和阅读非虚构儿童文学，结果大不一样。那么，在你看来，对非虚构儿童文学而言，最重要的事情是什么？过去，它被视为一种事实的文学。而你认为，事实虽然很重要，但还不是最重要的。

桑德斯：是的。其实我没有想过这个问题，但现在坐在这里聊……我想，对我来说，非虚构儿童文学最重要的事情就是诚实。诚实不等于事实。诚实需要谦逊，也需要开放、坦诚和自我意识。比如，我有充分的理由相信某一件事是对的，所以我想分享给你，但与此同时，我也会说，我对这件事的某些部分感到并不确定，尽管如此，我仍然相信整体上来说它是对的。或者我可以这样说：我认为某个事实是正确的，以下是我得出这个结论的原因……这比仅仅摆出事实更为诚实。它分享了获取知识的过程，也分享了这一过程中的失败，我认为这很重要。之前我说了，这本书的体式就是为它量身定制的。在书里，我也承认我的失误，承认我不知道一些事情，承认有时候我下结论只是出于直觉，而非必然真实。

赵霞：你谈到了诚实，也努力用诚实的方式来写作这本书。

桑德斯：我希望如此。我在书中谈到了一部非常著名的非虚构儿童文学作品，作者提供的许多讯息其实是不准确的。我不知道她为什么这么说。我提出了我的猜测，大概有五种吧。最后，我选择了其中一种答案，同时声明，这不是因为它是最真实的答案，而是由于我更倾向于相信它。

赵霞：实际上，在非虚构儿童文学中，诚实有不同的层次。许多人都会说，我是在诚实地写作，但这种诚实可能是廉价的。真正的诚实，需要一种自我反省的意识，一种深刻的谦逊。

桑德斯：这就是为什么我想用"谦逊的真理"这个题目的原因。我觉得谦逊是非虚构儿童文学的一个核心要素。在非虚构儿童文学作品中，最糟糕的事情就是自鸣得意。这种得意是思考停止的标志。我认同你说的，诚实需要一种自我反省的意识，也需要一种谦卑精神。

赵霞：你一再谈到阅读非虚构儿童文学时的批判性思维。很长时间里，我一直在想，乔真的很在意非虚构儿童文学作品的教育目的。但我认为，相比于批判性思维，你更在意非虚构儿童文学写作的诚实精神，一种高级的诚实精神。

桑德斯：非常感谢你。你是如此敏锐的读者，不仅了解我所说的，而且真正理解了我想要表达的意思。

赵霞：那是因为你的文字，我在前面都说了。尤其对于非虚构儿童文学，我们有时会觉得，真的没那么多话可说，因为它看上去好像不那么"文学"。它往往并不需要运用太复杂的文学技法，尤其是现代或后现代文学的技法。它通常简洁明了，因为它得向读者传递知识。不过我想，你谈论的其实是传递知识的姿态。我们该如何传递知识？这实际上跟我们对知识的理解有关。比如科学，什么是科学？科学究竟是一种既有的知识体系，还是我们了解和获知真理的一个过程？

桑德斯：我们现在信以为真的许多事情，将来也许会被证明是错的。意识到这一点最为艰难，需要深刻的谦逊。如果这就是事实，那我们又为什么要学习知识？为什么还想要弄清一些事情？我想是基于两个原因：第一，努力寻找一些有价值的东西，这个行为本身就具有价值；第二，为了"间断的复数性"（puctuated plurality）。这是我发明的一个词，意思是，你需要对你努力获得的知识不断地进行检验，因为这只是你目前得到的最可靠的知识。但未来，它们是否仍旧可靠，还需要通过你的持续不断的检验来验证。如果通过检验证明它们还是正确的，你就可以继续相信它们。我认为这是思考知识更好的方法。我对自己目前获得的知识怀有信心，但与此同时，我也心怀谦逊，所以会一再地对它们进行检验。这里的"复数"一词，意味着事物具有多层的内涵和真相，它们彼此抗争着。"间断"意味着，每隔一段时间，它们会暂时停留在某处。我们持有的各种观念，都有可能是对的，我们需要对它们进行检验。但我们必须在某个时刻得出结论，否则我们什么也做不了了。

赵霞：有些词在你的书中频繁出现：问题、提问、论辩、对话以及民主——我认为你指的是文学的民主。我想你是在尝试重新定义非虚构儿童文学。因为一谈到非虚构儿童文学，人们就倾向于以这种方式思考：我给孩子提供了知识，孩子因此而受到教育，获得成长。这跟写给成人的非虚构文学作品有些不同。对于那类作品的写作者来说，需要考虑到他们的读者也许非常专业、挑剔、学识渊博，因此，作者也需要谨慎确认知识的可靠性。但是面对孩子，我们容易掉以轻心，这是一种典型的倾向。所以，你的这本书谈论的对象，可以称之为一种新的非虚构儿童文学观念吗？

桑德斯：有一个叫马克·阿隆森（Marc Aronson）的人，我在书中谈到过他。他提出，有一种新的非虚构文学，对问题比对答案更感兴趣。他跟斯科特·雷诺兹·纳尔逊（Scott Reynolds Nelson）合著了《只是个普通人——我要寻找真正的约翰·亨利》（*Ain't Nothing but a Man: My Quest to Find the Real John Henry*）一书。约翰·亨利既是民间传说人物，又是历史人物。作者非常擅长发现故事里的问题，而不只是给出答案。我也很佩服另一位作家托妮娅·伯顿（Tonya Bolden），她写了一本书《玛丽查——一个十九世纪的美国女孩儿》（*Maritcha: A Nineteenth-Century American Girl*）。我其实不喜欢她早期的非虚构文学作品,那些作品总是想给读者提供学

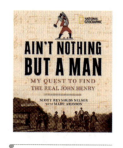

《只是个普通人——我要寻找真正的约翰·亨利》
马克·阿隆森，斯科特·雷诺兹·纳尔逊／著
美国国家地理

习的榜样。我不喜欢那种想法——认为某一个人应该成为我
们完全遵循的榜样。

赵霞：英雄主义。

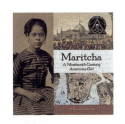

《玛丽查——一个十九世
纪的美国女孩儿》
托尼娅·伯顿／著
艾布拉姆斯出版社

桑德斯：对，就是英雄主义。我不喜欢那样，因为这会
让我们停止批判思维。不管这个人做的是好事还是坏事，我
们都一律接受，这不是在平等地阅读，而是迫使我们从属于
某个角色。但是后来，我不知道她经历了什么，也许她变得
自信了，也许她的思维方式发生了变化，总之，在她后来的
写作中，她对那些她并非无所不知的传主变得非常感兴趣。
这些人也许做了她喜欢的事，但并不总是些好人。她还非常
擅长告诉读者，她的观点是怎么来的，以及她笔下的主角做
错了什么，为何失败或者放弃。我认为这一点非常好。我们
知道他们做了很棒的事，也该知道他们遭遇的失败。

"诚实"的写作策略

赵霞：你提到了非虚构儿童文学用来鼓励批判性思维的
一些策略：模糊限制、作者可见、多重声音。我想，所有这
些策略，归根结底都是为了诚实而使用的文学手段。这些都

是非常有趣的策略。比如，对于许多非虚构儿童文学作家来说，很多时候，他们可能不会考虑使用"某种程度上""也许""可能""就我所知"这样的模糊限制语，让读者意识到作者也不能确定某些知识的准确性，或者现在作者写下的只是暂时的真理，它仍然需要更多的反思。实际上，这意味着作者没有那么权威了，作为读者，也就不必完全信任他。在非虚构儿童文学写作中，这是一种很少使用的策略。还有"作者可见"，通过有意让作者现身，在文本内变得可见，让读者意识到这是被书写出来的文本，而非传自天堂的真理。一个"可见的作者"提醒读者，你是另一个人，是你自己，任何时候都不该放弃你自己的思考。

我想起比尔·布莱森（Bill Bryson）写给儿童的《万物简史》（*A Short History of Nearly Everything*）。读这本书是我第一次真正被一部非虚构儿童文学作品所吸引。以前，我也把这类作品视作教科书之类的读物，尤其是人物传记。在许多传记里，你只能看到英雄。作者为了表现英雄的崇高，甚至不惜编造故事。比如华盛顿传记里那棵著名的樱桃树，其实子虚乌有。实际上，我们的孩子总是被迫接收各种虚假的知识。这些虚假的知识不仅是讯息，还影响着孩子对生活、对人的思考。话说回来，在《万物简史》里，针对特定的科学话题，作者会给出不同科学家的见解，同时，通过使用模糊限制语，让读者意识到这些知识或答案本身的边界和不确定性。回想

《万物简史（少儿彩绘版）》
比尔·布莱森／著
接力出版社

起来，这是它带给我阅读快感的一个重要原因。

还有多重声音。它意味着将不同的文本放在一起，通过听见不同的声音，进一步了解真实的状况。这个策略，既可以属于作者，也可以属于读者。

那么，在你看来，模糊限制、作者可见、多重声音是否都是非虚构儿童文学作家写作时应采取的策略或持有的观念？

桑德斯：这是一个非常好的问题。你之前提到，你认为这些策略是作者为了诚实而使用的文学手段。过去我从来没有想到过这点。但我想是这样的，如果非虚构儿童文学作家想对儿童保持诚实，这些都是非常好的实用技巧。不过，我之所以喜欢你刚才的说法，是因为它将诚实确定为真正的终点，而不是模糊限制、作者可见或多重声音本身。我在书中谈到了《差点儿成为航天员——13 个敢于梦想的女性》（ *Almost Astronauts: 13 Women Who Dared to Dream* ）一书中，作者使用了其中一些技巧，比如，她使自己成为可见的作者，但我发现这些技巧非但没有鼓励批判性思维的参与，反而加强了作者的权威。因此，我想说的是，这些技巧不是清单，最重要的是你应该保持诚实。这些技巧可以帮你表达得更为诚实，但请不要滥用它们，因为它们会导致诚实的幻觉。

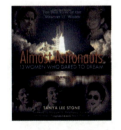

《差点儿成为航天员——
13 个敢于梦想的女性》
塔尼娅·李·斯通／著
点灯人出版社

赵霞：这就是为什么你总在强调，它们只是策略，其用法取决于作者。你可以用它们来鼓励批判性思维，但有时候它们却会阻碍批判性思维。因此这些策略本身有效与否，取决于你如何使用它们。如果你为了诚实地讲述而使用它们，可能会很有效。在这里，诚实始终是最终的目的。

有一个词——"事实"，你在整本书中对它都有批评。你批评有时非虚构儿童文学作家将事实当作真理交给孩子。我想，辨明事实与真理之间的差异也很重要。对于一部非虚构儿童文学作品来说，把事实直接视作真理交给孩子，其实是很糟糕和危险的，因为我们正在将自己眼前所见或当下了解的对象视为永恒之物。然而，如果你始终把真理放在心里，就会知道，通往真理的路很长。事实上，我们始终走在通向真理的路上。一旦我们以这种方式思考一切，或许就会变得更加诚实。而且，当你怀着这一基本的观念和姿态，再来使用书中为非虚构儿童文学作家提出的文学策略时，也许会写出更出色、更诚实的非虚构儿童文学作品。

桑德斯：我们不可能看见每一道裂缝，发现每一个微小的疑问。那意味着我们永远说不了任何话，因为我们不得不一直处在自我检讨和自我证明的状态。这不是我的本意。我想说的是，在非虚构儿童文学中，如果作者愿意展示其可被质疑的方面，我们对作者、主题等的了解就有了允许提问的可能。做到这一点很难。非虚构儿童文学作家不必总是自我检讨和自我证明，但他应该诚实。例如，他说"以上就是我的想法""这些参考书目展示了我是如何得出这些想法的""我承认并非所有人都认同这个观念""这里有一些书展示了不同的想法"，等等。

赵霞：诚实是一件需要知识和智慧的事情。

关于文学情感

赵霞：也许有人会问，乔，你谈论的是非虚构儿童文学，你谈了事实、知识、批判性思维，那么，非虚构儿童文学的文学性在哪里？在此书最后一章，你讨论了情感和感性的问题。我想这些都是文学的特殊之处。因为，一部文学作品具有感动他人、感动读者的力量，而一旦读者受到感动，就不会像在教室里学习 ABC 那样，仅仅客观地接受某些知识，他会更容易受到他正在阅读的这部作品的影响。所以，让我们来谈一谈非虚构儿童文学的情感部分或感性部分，或者更文学的部分。

桑德斯：我的生活信条是，如果一个人深切地在意某件事，就应该对它提出棘手的诘问。我认为，我们有道德上的义务，就我们关心的事情提出问题。对于我所关心的非虚构儿童文学，我认为它可能存在的问题之一，就是大脑与心的分离——我们倾向于将非虚构文学视为完全诉诸大脑之物，并且当它在任何时候与我们的心发生关系，好像就是在作弊。这个想法很糟糕。我关心非虚构儿童文学，我也在乎情感。我认为情感很重要。非虚构文学可以容纳情感吗？非虚构文学是否会被情感所破坏？当然，我很快发现，有许多人已经思考过这个问题。这对我很有帮助。我所做的就是开始思考那是什么样的情感。举例来说，愤怒这种情感在非虚构文学作品中很常见。如果作者写出令人害怕而生气的事情，读者就很容易被激起愤怒的感情。但是，读非虚构文学，你会很感性吗？我想大多数人都会说不。事实上，就拿对我来说非常重要的理论资源——女性主义批评来说，其中一些理论家谈论情感时，几乎总是谈论那种令人不舒服的情感，尤其是愤怒。

赵霞：我认为愤怒是一种情感，但它与我们沉浸在一部文学作品时获得的愉悦并不相同。后者是因为你成为故事的一部分，并且与主角共情，而愤怒是偏向政治性的。

桑德斯：是的。你刚才所说的，正是马克思主义者比较厌恶的。马克思主义倾向于反对读者沉浸在文本中，主张阅读必须批判，必须要保持一定距离。马克思主义对我很有启发，但我不认为文学阅读的沉浸是一件坏事。澳大利亚学者约翰·斯蒂芬斯（John Stephens），他是儿童文学领域的重要基石，也是非常出色的学者。他提出这样一个观点：如果我们沉浸在某种阅读之中，我们就会与之共谋，而不能对其加以批判。我不希望这是真的。

赵霞：根据我个人的阅读经验，我不同意。我会沉浸在文学作品的阅读之中，认同主角的情感，但与此同时，我知道我仍然持有我的批判立场。

桑德斯：我想你是对的。沉浸感和感性非常相似。一种关于感性的观念，似乎总是与你沉浸在认同另一个人的自我迷失里有关。读《汤姆叔叔的小屋》（Uncle Tom's Cabin），你在乎那个即将死去的女孩儿，关心这个受到惩罚的人，你沉浸在其中似乎失去了自我。我认为这是非虚构文学必须回答的最困难的问题：阅读这类作品时，你能沉浸其中吗？如果在非虚构文学中有感性的情绪，你还能持有批判性吗？我觉得这是最难的问题。我有时想，这很糟糕，因为沉浸在文本中会阻碍批判性思维。

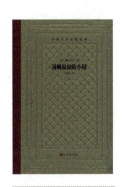

《汤姆叔叔的小屋》
斯陀夫人／著
人民文学出版社

赵霞：它抵制批判性思维，因为你沉浸在文本中，完全被它裹挟，而且会因此被它塑造。但是，如果这种塑造是以一种积极的方式发生的呢？如果一部非虚构文学作品是以积极的方式塑造它的读者呢？而通过动用情感和感性的因素，它在这方面可以做得更好。实际上，我认为只有文学的力量才能做到这种塑造。如果我阅读的是宣言之类的文字，我的情绪也会被激起，感到我应该行动起来，但这与阅读文学的感受有很大不同。

桑德斯：我认为，应该行动起来的想法的确非常重要。如果读者只是坐在那里被感动，这就不是批判地参与。但我同时认为，有很多感性的感受，促使我们参与想让这个世界变得更好的行动。其实，我觉得许多非虚构儿童文学作品在这方面做得都不好。

赵霞：我想举一个非虚构儿童文学的文学性的例子，来说明这类文学如何以非虚构文学的方式打动我们。这种感动，与其他类型的文学阅读可能很不一样，比如阅读《绿山墙的安妮》（*Anne of Green Gables*）这样的小说。我要说的这本书，是我最钟爱的非虚构儿童文学作品之一。这是一本图画书，它看上去很简单，处理的也是儿童文学中最普通的一类话题，书名叫作《各种各样的家——超级家庭大书》（*The Great Big Book of Families*），玛丽·霍夫曼（Mary Hoffman）撰文，罗丝·阿斯奎思（Ros Asquith）插图。其实我最初翻读这本书，并没怀有多大的期望。但是阅读下去，我被深深地吸引和打动了。它并没有以多么感性或有意打动读者的方式在讲述。还记得过去儿童文学写作的调子吗？我不喜欢那种煽情的表达，那种毫无必要的情感外溢，虽然现在还有不少儿童文学作家这样写作。前面说的这本图画书，它的语调非常客观。作者试图告诉读者，这个世界上，有各种各样的家庭，有些家庭有两个人，有些家庭有三个人，更多或更少。有些家庭有许多孩子，有些家庭没有孩子。有些家庭有爸爸和妈妈，还有些家庭有两个爸爸或者两个妈妈。有些家庭住在别墅里，有些家庭住在公寓里，还有些家庭根本没有房子……阅读这么客观的知识性的讲述，我却被深深打动。它的简单和客观，一点儿不妨碍它让你感动，而且是深深地感动。

我想，这实际上也回应了你的关键词：诚实。因为真正的诚实，高级的文学的诚实，其实是最动人的。在文学写作中，你越是诚实，就越具有打动人的力量。因为读者明白，你正在诚实地述说。我认为，这是对读者最大的尊重。文本知识和讲述方式的客观性，一点儿不会抹除文字底下深深的情感。

桑德斯：你刚刚说的内容，让我想起了我小学二年级时发生的一件事情。那时我七岁。我热爱天文学，阅读了有关

《各种各样的家——家庭超级大书》
玛丽·霍夫曼／文
罗丝·阿斯奎思／图
北京联合出版公司

星体和太阳系的各种非虚构作品。有一天，班上一位老师要求我们做一张小海报，写上关于太阳系中某个星体的一些知识。我写的是太阳，写它如何旋转，如何在太空中运动，并带动整个太阳系。我觉得，其他人可能会选择行星，比如木星之类的。不巧的是，也有别的人选择了写太阳。所以，我的老师就要求我改写别的。我同意了，但是我问老师为什么，她回答我说，因为另外一些孩子写太阳是静止不动的，我不想让他们感到困惑。这件事情让我非常难过。我现在才意识到，令那时七岁大的我感到不舒服的原因之一，是她对那些孩子缺乏尊重。你完全可以告诉一个孩子，这件事情你认为你是对的，但有证据可以证明，你的理解是错误的，让我们重新来过吧。孩子们肯定能做到。但这位老师只是说，我不想让他们感到困惑。他们学到了一样知识，就让他们那样以为吧，哪怕是错的也行。他们太脆弱了，不能把真相告诉他们。你说得对，我们应该对儿童充满尊重地写作非虚构儿童文学。

赵霞：没错，我们对待孩子太容易缺乏尊重。我把知识交给你，我自然就站得比你高——如果仅从视觉角度看，成人总是比孩子更"高"的。所以，我们太容易这样对待孩子了。

桑德斯：我很喜欢这样的说法。

赵霞：我想，就这个话题，我们真的可以讨论很长时间。实际上，在中国，非虚构文学正在受到越来越多的关注和重视。但是，我认为非虚构儿童文学现在还处在起步的阶段。中国当然有非虚构儿童文学的悠久历史和传统，但是我们谈论的这种新的非虚构儿童文学作品，数量确实很少。所以，你是否可以为中国读者、出版社推荐十部左右出色的非虚构儿童文学作品。通过阅读它们，也许读者能更具体地了解非虚构儿童文学应该是什么样子。

桑德斯：我很乐意。我会把推荐书目传给你。

赵霞：非常感谢。

（赵霞整理翻译）

附：

乔·萨特里夫·桑德斯推荐的十种当代英语非虚构儿童文学作品：

1. 斯蒂芬·斯文伯恩、布里吉特·霍斯等著"实地科学探索"系列（*Scientists in the Filed*）

2. 托尼娅·伯顿著《寻找莎拉·雷克托——美国最富有的黑人女孩儿》（*Searching for Sarah Rector: The Richest Black Girl in America*）

3. 托尼娅·伯顿著《玛丽查——一个十九世纪的美国女孩儿》（*Maritcha: A Nineteenth-Century American Girl*）

4. 罗克珊·邓巴–欧提兹著，简·曼多萨、黛儿·里斯改编《写给少年的美国土著居民史》（*An Indigenous People's History of the United Stated States for Young People*）

5. 马克·阿隆森、玛丽娜·布达荷斯著《糖改变了世界——关于魔法、香料、奴隶、自由和科学的故事》（*Sugar Changed the World: A Story of Magic, Spice, Slavery, Freedom, and Science*）

6. 马克·阿隆森、麦克·帕克·皮尔森著《如果石头能说话——解开巨石之谜》（*If Stones Could Speak: Unlocking the Secrets of Stonehenge*）

7. 苏珊·坎贝尔·巴托莱蒂著《他们自称三K——美国恐怖主义组织的诞生》(*They Called Themselves the K.K.K.: The Birth of an American Terrorist Group*)

8. 苏珊·坎贝尔·巴托莱蒂著《在煤矿长大》(*Growing Up in Coal Country*)

9. 约翰·弗莱希曼著《菲尼斯·盖奇——关于大脑的可怕而真实的故事》(*Phineas Gage: A Gruesome but True Story About Brain Science*)

10. 史蒂夫·沙因克因著《炸弹——全世界最危险武器的制造赛和偷窃赛》(*Bomb: The Race to Build--and Steal--the World's Most Dangerous Weapon*)

对话

凯伦·科茨

· 2020 年 4 月 17 日

凯伦·科茨（Karen Coats），原美国伊利诺伊州立大学教授，现任英国剑桥大学儿童文学研究中心主任、教授。1998年获美国乔治·华盛顿大学人文科学博士学位，方向为儿童文学与精神分析理论。主讲儿童与青少年文学专业本科及研究生课程二十多年。著有《镜子与永无岛——拉康、欲望及儿童文学中的主体》（ *Looking Glasses and Neverlands: Lacan, Desire, and Subjectivity in Children's Literature*)、《布鲁姆斯伯里儿童与青少年文学导论》（ *The Bloomsbury Introduction to Children's and Young Adult Literature* ）等学术著作。

"不同寻常"的意义

——关于西方儿童文学创作与批评新趋向的对话

2020年4月17日上午，赵霞与剑桥大学儿童文学研究中心主任凯伦·科茨就儿童文学的相关话题展开了一场对谈。由于新冠肺炎疫情影响，原本约定的面谈改为线上视频进行。预定一个小时的对谈，持续了近两个小时。这里发表的是关于当代西方儿童文学创作中新的审美趋向及其批评意义的部分。

儿童文学创作的一种新趋向

赵霞：在这个不同寻常的时间，面对不同寻常的病毒，就让我们从一组"不同寻常"的作品开始对谈吧。在我看来，《丑鱼》(*Ugly Fish*)、《蝌蚪的诺言》(*Tadpole's Promise*)、《这不是我的帽子》(*This is Not My Hat*)、《大丑怪和小石兔》(*The Big Ugly Monster and the Little Stone Rabbit*)这些作品代表了当代儿童文学美学的一种"不同寻常"的新趋势。

这种"不同寻常"使它们越出了人们对儿童文学的一般理解。《丑鱼》中的霸凌者丑鱼，它的结局是被另一条更大的鱼吃掉。《蝌蚪的诺言》，原是蝌蚪与毛毛虫之间爱的承诺，看看它是怎么结束的：蝌蚪变的青蛙吃掉了毛毛虫变的蝴蝶！《这不是我的帽子》，大鱼可能欺凌或吃掉了小鱼，里面似乎隐含着某种丛林法则——当然，那只是表象，我不认为真是这样。还有《大丑怪和小石兔》，这是一个孤独的故事，它始于寂寞，终于永恒的孤独。我还清楚地记得你在课堂上朗读这个作品的场景。它是如此感人。

所以，让我们先来谈谈儿童文学中的这种"不同寻常"。你是怎么看待这种审美发展的趋势及其意义的？

《丑鱼》
卡拉·拉罗／文
斯库特·马贡／图
HMH 青少年出版社

凯伦·科茨：这是一个非常好的问题。显然，为了辨识"不同寻常"之物，首先肯定得有一个模式，它打破了这个模式。我认为，所有儿童文学，甚至所有文学的模式，都是我们对世界的认识与愿望之间的一场商榷。也许可以说，儿童文学的模式更强调我们的愿望，它通常从我们对世界的认识开始，最后以我们对世界的愿望结束。就拿《丑鱼》来说，我们认识到的真相是：这个世界上存在着霸凌者，他们卑鄙而且令人恐惧。孩子们也知道这一点，他们甚至非常了解这一点。但我们的愿望是，一个英雄出现并击败恶霸。或者，我们最希望孩子看到的是，霸凌者认错，转变，洗心革面。

但是《丑鱼》这样的作品，把我们带到了我们通常对孩子隐瞒的关于世界的另一个真相：为了击败一个霸者，有时候需要另一个更强大的霸者。这是一个更大的真相。我们最初期待一个英雄，但这里是另外一种事实。而《蝌蚪的诺言》，它触及的真相也许乍听之下令人不大舒服。人们期待的肯定是蝌蚪与毛毛虫之间的爱是永恒的……

《蝌蚪的诺言》
珍妮·威利斯／文
托尼·罗斯／图
北京联合出版公司

赵霞： 一种罗曼蒂克的想象。

凯伦·科茨： 是，不论大写还是小写的罗曼蒂克。但更大的真相是，天真的爱情不能持久，它也许会毁掉你。那是《罗密欧与朱丽叶》的教训，不是吗?《大丑怪和小石兔》是一个很难理解的故事，因为它揭示了一个令人不安的事实：这个世界不喜欢怪物，怪物太恐怖、太丑陋了，是不被容忍的。我们通常想要的是一个丑小鸭式的故事，丑小鸭克服了它的"丑"，长成了美丽的天鹅。或许，我们对故事里这个丑陋的大怪物的愿望也是如此。然而，更大的真相是：人们认为，没有怪物，世界会变得更好。就像故事的最后，没有了巨怪之后，一切都回归正常。

《大丑怪和小石兔》
克里斯·沃梅尔／文图
克诺夫青少年读物出版社

赵霞： 我对这个作品的理解跟你刚才的解释有些不同。我以为这个作品讲的是我们在生活中的某种孤独感。某种程度上，每个人内心都有一个大怪物。当你感到孤独，你可以跟你心中的石兔说话，哪怕它是沉默的。这会暂时排解你的孤独。但人生而孤独，死时一样寂寞，这是宿命。这大概也是一个好作品的象征——我们可以用不同的方式解读它。

你提到，这些作品与寻常的儿童文学故事美学相距甚远。我在想，大约在二十世纪六十年代前后，西方儿童文学界也出现过一股新现实主义的写作潮流。作家们呼吁，让我们接受儿童的生活中也有悲剧，让我们告诉孩子生活中的一些冷酷的真相——那也是所有人生活的真相。但是，跟这个趋势相比，眼下的这一波变化又有所不同。这些作品带着一种非常奇特的趣味。一方面，我们知道，它们正在谈论的是我们生活中某些冷峻的事实。但另一方面，它又带着某种令人愉悦的幽默。这一点非常有意思。为什么会这样？比如《这不是我的帽子》，读到最后，大鱼戴着帽子从水草丛里游出来，我想许多读者会有一种比较复杂的感觉。想到在我们看不见的其间，小鱼到底遭受了什么样的命运，这无疑是有些残忍的。但与此同时，你也会想笑——大鱼可能欺凌了小鱼，甚至可能吃掉了它，但小鱼确实偷走了它的帽子。那么何者是错，何者是对？就像现实生活一样，似乎很难判定孰是孰非。

我在想，当前儿童文学创作的这种"不同寻常"的新趋势，这种面向孩子的生活表现，是不是在把我们带向儿童文学美学思考的更深层次？

《这不是我的帽子》
乔恩·克拉森／文图
明天出版社

凯伦·科茨：确实如此。我想这里存在着一种反讽的哲学。其反讽的意味在于，尽管我们并不愿意这一切是真的，但我们必须承认，这就是世界运转的方式。这也许令人悲观，但作为人类，我们生性不能接受彻底的悲观。所以，我想说，这是一种幽默理论。一方面，如果想要文学产生积极的影响，我们必须承认那些可惧之物的真实性。另一方面，我们不沉迷于这种恐惧，而是用一些幽默的陈述来翻转它，并获得控制权。你刚才说到的幽默，比如作品采用的漫画式插图，就使故事与我们保持着距离。幽默是一种应对机制。我一直在想它是怎么运作的。它可以通过提供某种语言或态度上的掌控感，来帮助我们应对问题。

赵霞：实际上，透过这种"不同寻常"的趋势，我们可能会发现：只有当孩子了解了生活和现实的所有面孔，他才能真正理解生活的幸福。如果只是盯着浪漫的一面，你从故事中获得的幸福感实际上是虚假的。

思考儿童文学的意义

赵霞：是不是可以说，这种"不同寻常"的发现和表现，对它的认识和认可，是贯穿儿童文学发展史的线索之一？

凯伦·科茨：我想是的。同时，在谈论发展时，我们必须谨慎。它不一定是进步的。仅仅发生了某些变化，并不意味着旧的已经成为过去。更准确地说，是出现了一种创新，一个变化。所以，我们仍然会有许多故事表现对世界的乐观看法，有些孩子也许更喜欢那类故事。同时，也有人更喜欢反讽和对黑暗面的表现。这跟儿童的气质和经验有关。

赵霞：如果说儿童文学的一部分历史即是不断发现、认识、书写那些过去传统中认为的"不同寻常"之物，能否谈谈你对儿童文学价值的理解？我知道这是一个太大的问题。但在你的《布鲁姆斯伯里儿童与青少年文学导论》里，你关心的正是：为什么以及通过什么样的方式，儿童文学对个体和整个人类大家庭的发展来说显得如此重要？

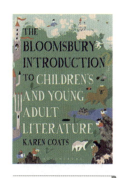

《布鲁姆斯伯里儿童与青少年文学导论》
凯伦·科茨／著
布鲁姆斯伯里出版社

凯伦·科茨：我认为，我们必须考虑一些核心因素。我们是人，人的大脑需要故事，我们通过故事思考。而我们在孩提时代阅读的故事，许多情节结构是跨文化的，它们是关于存在于世界和交往中的"人"意味着什么的核心故事。所以有人在几个核心故事的基础上建立起故事的分类法，这些核心故事在不同的文化里被一再重述。它们讲述的是人类文化与社会如何建构的故事，在我看来，不仅是关于人类，而且包括那些超越人类（比如超自然）的领域。随着儿童故事变得日益复杂，它越来越关注内在性，包括心理、思维的发展。那些我们不会大声讲出来的事情，我们都会在故事里读到。所有这些将建构起我们对世界的期望和希望。再说一次，这就是我们的认识和愿望之间的商榷。

赵霞：我们正在谈论的这种"不同寻常"之物的书写，实际上也是一种填补我们的认识与愿望之间差距的方式。我们都知道，儿童文学作为一种文类，始于人们开始认识到它与成人文学的不同，也始于人们认识到儿童与成人的不同。而在书写、表现那些"不同寻常"之物时，我们试图将这些原来在儿童生活中被认为"不同寻常"的内容，纳入他们"寻常"的现实当中来。就此而言，我们似乎既认为儿童有别于成人，又不断强调着儿童跟成人是一样的。

凯伦·科茨：就像玛拉·古巴尔（Marah Gubar）说的"亲缘关系模式"（Kinship-Model）那样，我们不认为孩子与我们完全不同，以至于成人无法理解他们，但我们也不认为他们是成年人。如果我们诚实地反观自己童年时代的某些瞬间，就会发现，成年的"我"与小时候的"我"之间存在着惊人的连续性。这里既有可以追溯的线索，但也存在一些根本差异。我们可以从很多方面来解释这些差异。从大脑发育的角度，我认为关于认知的发展及其变化的发生是儿童文学需要更多关注的领域之一。随着大脑的成长，人的某些气质类型也会发生改变。但如果你是个慢热型的人，它可能会是你一生的模式，除非发生了某些抑制这一模式的事件。

赵霞：这就是为什么我们要谈论儿童文学的意义。其中一个重要的部分，是借此提供给孩子尽可能多的认识生活的模板，让他们知道有很多种理解世界、自我和周围事物的方式，进而做出选择。事实上，只有了解了一切，才谈得上做出最好的选择。

文学批评中的自我显现

赵霞：你在《布鲁姆斯伯里儿童与青少年文学导论》一书中使用了非常特别的叙述人称——"我"。实际上，我们读学术著作时，常常会忘记这个"我"的存在。但在"作者的话"中，你摆出了作为本书写作者的这个"我"，她贯穿整本书的阐述过程。这个"我"是中产阶级，白人，女性，已婚。你把"我"的历史和现状、本性和经验都奉告读者，我想，这也是一种跟你对儿童文学意义的思考有关的写作实践。通过让读者了解关于作者的一切，他们就可以在真正全面的意义上阅读理论。

凯伦·科茨：这个评价非常好。我的背景是人文科学，这是一个广泛的理论领域，着眼于人类置身于交往的方式。人类使用语言，它容纳个性化。但它也承认一个事实，即我们处于一种文化结构中，这种文化结构将以有别于我们自己的方式来解读我们。就像我们在电子通信时看到的那样，当我看见自己在说话，我想的是，哦，那不是我想象中的样子。所以，我从外部被感知的方式与我从内部被感知的方式是不同的。我之所以选择那样定位我自己，就像你说的那样，我希望人们知道我是站在什么立场上写作的。他们可能不同意这个立场，或者他们可能也持这种立场。认为谈论儿童文学文本的时候，有一种完全中立的科学思维，那是不正确的。

赵霞：但那是学术著作通常的写作方式。所以你的写作方式也是一种前沿的探索。学术写作也许需要很久才会意识到并最终接受这种方式，即让读者明白，理论和批评也是主观的，但与此同时，主观的思考同样有它的价值。

凯伦·科茨：当然。主观的思考并非不可通用。有时我们会说，这不过是你个人的真理罢了。但你需要明白这些真理。另外，还有一种说法，你其实没有自己的真理，一切都来自你的文化及经验。我们常说"用自己的话说"，但其实没有"自己的话"。我又要说到雅克·拉康（Jacques Lacan）

了。雅克·拉康说，我们身份中最核心的内容，总是与更广泛的文化融合在一起。因此，当我们寻找自我时，总会发现其中一半以上是他人。在西方文化中，我们都很重视自主性，就有理论家反驳说，"我们"其实都是主体间性的产物。但每个人整合上述文化因素的方式，却是独一无二的。所以，我们的表达中有独特的东西，同时也充满了借来的结构和思维方式。在对个人和社会文化的强调之间，总是存在这种来回摆动的现象，永远不可能安定。

学术写作中的自我显现，在我的本科时代就开始得到倡导。我们有位修辞写作课的教授彼得·阿尔伯特（Peter Albert）就说，我们不该装作学术写作背后是无我的。但你说得对，许多学术写作都想把"我"排除出去，以使自己看起来权威，其实毫无意义。

赵霞：谈到自主性，首先应该明白，这是一件困难的事情。自主性不能自动获得，你得学习很多东西，才能真正了解自主性的真相，进而最终找到自己的自主性。同时，它也不是固定不变的，只要个体继续学习和成长，它还会发生变化。

既然说到了雅克·拉康，我还想问一问，在《镜子与永无岛——拉康、欲望及儿童文学中的主体》（以下简称《镜子与永无岛》）一书中，你频繁地使用人称代词"她"，你的这

《镜子与永无岛——拉康、欲望及儿童文学中的主体》
凯伦·科茨／著
安徽少年儿童出版社

一选择，也是对儿童文学学术写作或者一切学术写作中"他"霸权的一种反制吗？

凯伦·科茨：是的。有时候这是出于实用考虑，因为我谈的是母亲，就用了"她"。有时我也同时谈到孩子，为了跟母亲区别开来，就使用"他"指代孩子。但是，很多时候，我使用这么多"她"，正如你说的，是对那种霸权的抗议。要是换在今天，出版商、编辑等可能会建议我使用"他们"而不是"他"或"她"，因为那样更符合英语语法。我的语言学家朋友们都跟我说，我这么用是不对的。

赵霞：我想，作家发明一种表达来传递自己独特的思考，并不是一件反常的事情。这样的例子有不少。

经典重读与批评重构

赵霞：在《镜子与永无岛》中，你对《爱丽丝漫游奇境记》（*Alice's Adventures in Wonderland*）的分析尤其吸引我。我认为，这背后有个现象，即儿童文学经典的当代重读。不论在中国还是西方，对于大多数普通读者来说，《爱丽丝漫游奇境记》仍然是一部儿童文学经典之作。记得是在

《爱丽丝漫游奇境记》
刘易斯·卡罗尔／著
哈珀·柯林斯出版集团

1932年，西方出版了两本书。一本是英国学者哈维·达顿（Harvey Darton）的《英格兰童书——五个世纪的社会生活》（*Children's Books in England: Five Centuries of Social Life*）。这是一部具有里程碑意义的著作，因为作者在书中提出了一种判断儿童文学的新标准。正是这部著作确认了《爱丽丝漫游奇境记》在英语儿童文学史上的里程碑地位，认为它代表了儿童文学对童年荒诞的想象力的意义和价值的认可。另一本是法国学者保罗·阿扎尔（Paul Hazard）的《书，儿童与成人》（*Les Livres, Les Enfants et Les Hommes*）。这本书里也表达了与哈维·达顿关于儿童文学批评标准类似的观点。但是，现在出现了对《爱丽丝漫游奇境记》的新解读。除了你的解读，我也从玛丽亚·尼古拉耶娃（Maria Nikolajeva）的《儿童文学中的权力、声音和主体性》（*Power, Voice and Subjectivity in Literature for Young Readers*）里读到了这样的解读。这种对经典的重读，在当代西方儿童文学批评中很有代表性。它不再仅仅把"爱丽丝"认作是儿童想象力的代表，而是像你说的那样，揭示"在卡罗尔安排的这场爱丽丝的冒险经历里，爱丽丝永远无法控制自己的身份或者行动"。这是很新颖的读法。

凯伦·科茨：哈维·达顿和保罗·阿扎尔都是男性，他们所受的教育，用玛丽亚·尼古拉耶娃的话说，是一种视男性规范为权威的教育。这种规范也被认为是阅读的最佳角度。

《英格兰童书——五个世纪的社会生活》
哈维·达顿／著
剑桥大学出版社

《书，儿童与成人》
保罗·阿扎尔／著
湖南少年儿童出版社

当他们说"爱丽丝"代表了儿童的想象力时，他们忽略了一个事实，这个女孩儿身上带着的其实是作者刘易斯·卡罗尔（Lewis Carroll）对儿童的欲望，而不是孩子自己想要成为的样子——一个孩子决不会那样来写爱丽丝。在我看来，刘易斯·卡罗尔想要将爱丽丝牢牢控制在手中的欲望，在哈维·达顿和保罗·阿扎尔的解读中得到了复现。重思其中的关系，其实是成人想要把孩子想象成为爱丽丝那样：富于想象力，快乐有活力。但我希望把她想象成为一个叛逆的孩子，因为她一直在质疑成人的权威。在我看来，童年的一部分工作就是质疑成人权威。

赵霞：说到孩子的富于想象力，快乐有活力，我认为，在一个多世纪之前，这种关于儿童的观念在儿童文学领域恰恰是先锋性的。更早的时候，人们认为孩子应该遵守规范、听话，等等。当爱丽丝以这一形象在她那个时代出现时，不也是一个具有先锋性的儿童角色吗？

凯伦·科茨：我想是的。我把她和彼得·潘放在一起来谈。詹姆斯·金凯德（James Kincaid）谈到彼得·潘如何体现了成人对儿童的珍爱和保护，我认为恰恰相反，那本书里有不少恨意。就彼得·潘本人而言，他实在不是一个讨人喜欢的角色。我们可能会欣赏他的叛逆态度，但故事里的他是个怪物。

赵霞：我始终无法从内心深处喜欢上彼得·潘。无疑，这是一个非常吸引人的角色，有时也很打动我，但总有些什么，使我无法打心底里爱上他。他也是那种"不同寻常"的对象。他代表了童年的某些非常珍贵的特性。许多成人发现自己已经永远地失去这些特性时，他们会怀旧地恋想它。但与此同时，他也代表了人身上的某些"恶"，这使你在阅读彼得·潘的某些行为时感到非常沮丧。

凯伦·科茨：我认为《爱丽丝漫游奇境记》也是这样，就像你说的那样，我们有种怀旧感，认为自己永远地失去了童年。但那种叛逆其实只是任性地做自己想做的任何事情，根本没有考虑后果如何，那不是我们想要成为的人。

赵霞：如你所说，我们不想成为爱丽丝，因为爱丽丝意味着停止成长——不论在故事的开头还是结尾，她是同一个爱丽丝，从未改变。

凯伦·科茨：是的。孩子想要改变，想要成长。詹姆斯·马修·巴里（James Matthew Barrie）在《彼得·潘》的结尾说，温迪长大了，对此她并不感到难过，因为她是那种

《彼得·潘》
詹姆斯·马修·巴里／著
哈珀设计

喜欢长大的人。我们大多数人在童年时代都是那种人。总的来说，孩子想要摆脱童年，他们想摆脱生活中一切由他人控制的情形。然而，一旦到了那一步，一旦生活不再受到其他人的控制，他们就会突然意识到，天哪，我必须对自己的决定负起责任，我真的怀念过去那种可以随便撒野、随意拒绝的自由，哪怕最后还得屈服。这是一种成人的感觉，而不是孩子的感觉。

赵霞：这让我想起了中国一位极有才华的儿童文学作家和评论家班马。班马在二十世纪八十年代曾经提出"儿童反儿童化"的观点。他认为，我们成年人经常忽略的事实是，在儿童身上有一种反儿童的冲动。他们不想当孩子，不想被控制，他们渴望长大，像成年人那样能够主宰自己的生活，能做更多事情。这跟你的观点正好相呼应。

但我也认为，你对《爱丽丝漫游奇境记》的阅读实际上是一种当代阅读。只有在最近几十年间，儿童文学理论与批评发展到了这个程度，我们才开始以这种方式阅读"爱丽丝"，阅读"彼得·潘"。

凯伦·科茨：是的。

寻求一种"包容"的儿童文学

赵霞：让我们回到那个词，童年和儿童文学中的"不同寻常"之物，以及儿童文学批评对这种"不同寻常"之物的指认、肯定和阐释。怎么看待这种面朝"不同寻常"之物的努力？换句话说，这么做的意义何在？

凯伦·科茨：很大程度上在于我们不得不面对现实。过去，人们认为，随着人类的进步，我们会变得越来越完善，我们正在朝着乌托邦式的社会秩序愿景迈进，它将使世界变得更加美好。然而，两次世界大战之后，我们不得不接受这样的事实：我们做不到。没有完美的社会结构，因为我们没有办法从根本上解决人的问题。比如，跟过去相比，我们对惩罚的接受度可能变得更低了，但我们仍然会从观看他人受到惩罚这件事情上获得快感。这是耶鲁婴儿认知实验室的发现，最早在三个月大的婴儿身上，就能发现这种倾向。因此，我们做不到完全修复文化。这是二十世纪四十年代以来，我们必须承认的一种事实。现代主义乐观地认为，通过现代技术、医疗、心理学等，人类将变得更好。整个教育规划也是这么想的，通过让孩子变得更好，就能让世界变得更好。然而，今天儿童文学中的那些"不同寻常"之物不断地提醒我们，这种规划可能是失败的。这样，我们就得接受一个事实，那就是一切都是不完美的。我们关于一切应该变得完美的想象，同样是不完美的。我想到那些神经发育有障碍或者有某种生理缺陷的人，有时候，一个关于完美社会的想象是将这些人排斥在外的。

赵霞：我想，书写那些残障者、被忽视者以及其他的弱势者，正是儿童文学中"不同寻常"的另一部分。儿童文学创作和批评中这个"不同寻常"的部分，也正是我们应该珍视的部分。

凯伦·科茨：没错。比如有些作品关注自闭症患者或者有这方面倾向的人，它们会表达出某种态度。马克·哈登（Mark Haddon）的《深夜小狗神秘事件》（*The Curious Incident of the Dog in the Night-time*）是其中之一。有些书谈到自闭症患者时，并不将他们视为一类不正常的群体，而是承认他们的思维方式跟别人不一样，跟主流不一样。他们也许会给人怪异的印象，但他们其实并不怪异，只是不同寻常而已。并且他们以不同寻常的思维方式，有力地挑战着既有的规则。

赵霞：我们看见儿童生活中的"不同寻常"之物，并通过儿童文学表现这种"不同寻常"，通过儿童文学批评传递对

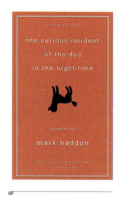

《深夜小狗神秘事件》
马克·哈登／著
年代出版社

这种"不同寻常"的文学表达的认可和肯定。事实上，我们是在致力于让这种"不同寻常"回归常态，努力让人们认可、接受所有这些看上去的"不同寻常"。它其实是我们正常生活的一部分。

凯伦·科茨：我在想，要是有人不大喜欢"正常"这个词，换成"包容"怎么样？思维方式的不同并不意味着你不正常，而是意味着你将带来某些不一样的内容。这种包容会使我们变得更明智一些，更好一些。如果我们把这些人容纳进来，他们就是我们的一部分。

赵霞：包容是一种精神，同时也意味着艺术上的挑战。

（赵霞整理翻译）

文化研究的反思与审美批评的再探索

——关于当代西方儿童文学研究现状与趋向的对话

2020 年 4 月 17 日上午，赵霞与剑桥大学儿童文学研究中心主任凯伦·科茨教授就儿童文学的相关话题展开了一场视频对谈。这里是对谈中关于当代西方儿童文学研究中文化研究与审美批评转向部分的内容。

文化批评的意义与反思

赵霞：近四五十年来，西方儿童文学理论与批评经历了巨大的变迁。在我看来，变化的线索之一，是它逐渐从文学批评转向了文化批评，尤其是英语儿童文学研究。纵观当代西方儿童文学的研究著作与论文，女性主义、种族主义、殖民主义、后殖民主义、马克思主义、意识形态等词几乎无处不在。

但我也注意到，西方儿童文学界开始出现了对这一研究现象进行反思和反拨的趋向。对于儿童文学来说，文化研究非常重要。它给儿童文学带来了许多重大影响，无论是创作方面还是阅读方面。某种程度上，它改变了我们思考儿童文学的方式。但当文化研究变得无处不在时，问题也随之而来。

所以，今天我们就来谈一谈文化批评对于儿童文学研究的意义和问题，尤其是问题。

凯伦·科茨： 如果认定儿童文学为特定文化的价值和趣味设定了某些标准，文化研究就显得非常重要。我记得有人说，要是你想了解一种文化，去看看那里五十年前的孩子们都读些什么。之前我们也谈到了孩提时代的阅读在某种程度上决定了我们理解故事和语言运作的方式，决定了一种文化的价值观。

但儿童文学研究转向文化研究模式，也存在着某些严重的缺陷。其中最主要的问题，是它总是建立在分类的基础上，断言某个种族或身份就意味着某种表现。它总是说，我们应该这样或那样，应该看到这个或那个，或者这不是某个角色应该具备的行为特征。这许许多多的"应该"，其实都是模式，这是将自己看重的价值强加于讨论的文本。因此，它看上去似乎以某种方式拓展了我们的认识模板，但其实并没有帮助特定群体或者身处批评家所说"对"的方式之外的那些孩子解决问题。我有一个学生是非裔美国人，她总觉得自己跟周围人格格不入。她最喜欢的书是"哈利·波特"系列（*Harry Potter*），她喜欢幻想作品，不喜欢都市小说。而她所处的文化环境，家人、邻居以及一起上学的男女同学，都认为她很不合群。她并不喜欢那些描绘跟她在差不多环境中长大的女孩儿们的故事，因为书中的描述不符合她的价值观。她需要的是更多的模板。我想说的是，文化批评似乎进一步缩小了我们可以接受的文化模式。

就像存在着单一的故事的危险一样，我担忧的是一种单一的批评视角带来的危险，它减少了文学表现的多样性。当你想要出版一部作品，而出版商告诉你，你笔下的角色不符合人们期待的行为模式，吸引不了读者，这将导致问题出现。我们需要更多的故事，不是同一个模式下的更多故事，而是那种愿意冒险去表现人们身处不同的文化、种族、宗教以及身体状态下的个体多样性的故事。

赵霞：用你的话说，儿童文学及其批评应该是包容的。就强调个性、特性、个人文化的独一无二而言，你是否同意卡琳·莱斯尼克－奥伯斯坦（Karín Lesnik-Oberstein）在其《儿童文学——批评与虚构的儿童》（*Children's Literature : Criticism and the Fictional Child*）一书中提出的观点，即强调每个儿童都是个体。她把这种对个体性的强调推向极致，认为

《儿童文学——批评与虚构的儿童》
卡琳·莱斯尼克－奥伯斯坦／著
牛津大学出版社

只有个体，而不存在任何对个体的通约或概括。

凯伦·科茨：我在很大程度上表示理解。但我更倾向于一种被称为万花筒细胞的心理模型。个人就像万花筒一样，具有许多不同的面向，可以组成不同的图案，并且其图案总是在变化。就像你之前说的，我们一生都在不断变化。如果我们从多个面向去看待个体，并且考虑到历时性，也就是我们过去、现在和将来是什么样的，从这个意义上讲，在我们的生活中就只有个别的时刻和个别的场景，只有个别的故事。但这个故事必须是可读的，它应该能承载足量的图式，以使自己成为合格的故事，而不至于古怪到毫无道理的地步。

赵霞：它属于人，而不仅仅是个人的。

凯伦·科茨：是。还是那句话，你得先认可一个图式，进而从各个角度、各个方面突破这个图式。这就是个人性的来源。

赵霞：也许我们可以将它视作一个反思点——在思考有关儿童、童年、儿童文学和儿童文学批评的一切普遍性时，应该把这一点个性牢记在心。

回归审美批评的趋向及尝试

凯伦·科茨：谈论文化批评的转向，还有一件事值得注意——我们在很多时候丢掉了小说的技法。当评论家从文化的角度出发批评某个角色的表现形式时，他们没有注意到的事实是，这是一个创作出来的故事。故事中的人物是作家从一些人身上取来某些特点塑造出来的，他并不真实存在。文学能够以我们在世界上不曾经历过的方式开始和结束。

赵霞：就让我们来谈谈儿童文学批评的文学层面，或者说审美维度。我认为当下西方儿童文学批评面临着一个新的转折点——试图恢复批评的审美维度。也就是说，不仅从文化研究，也要从审美分析的视角来研究儿童文学。文体分析是否可以作为例证之一？

凯伦·科茨：我认为可以。这种趋向正在显露。一方面，有的批评者对细致的文体分析表现出强烈的兴趣。比如，数字人文领域有人试图通过向 Python 之类的程序输入文本，来弄清楚儿童文学的一部分文体特征。另一方面，有人在叙事学方面做出了有意思的新研究。玛丽亚·尼古拉耶娃有本书叫《儿童文学中的人物修辞》（ *The Rhetoric of Character in Children's Literature* ）。我有个朋友也即将出版一本书，重新

《儿童文学中的人物修辞》
玛丽亚·尼古拉耶娃／著
安徽少年儿童出版社

聚焦人物角色研究。据我这个朋友在若干会议上透露，他探讨的是儿童文学的作者如何在将读者拉进作品的世界的同时，又使他们与作品保持一定的距离，以便他们在其中完成自己的评价。他研究作者如何创造出一个角色，既给人真实感，又执行着故事的功能。他特别着眼于角色如何不仅是现实世界的复制，而且是精心构造的叙事承担者。我认为意识形态研究离不开文本细读的支撑。

赵霞：所以，儿童文学批评不该丢弃文化研究，但需要将它与文本研读紧密地联系起来。如果想要谈论文化问题，就通过文学的分析来谈论，而不仅仅是谈文化战争。谈论图式、思想、概念，应该同时谈论文本是如何运作的，从而影响读者对文化的理解。

我在2018年读到过《教育中的儿童文学》杂志上发表的一篇文章。或许你也看到过这篇文章。文中对尼尔·盖曼（Neil Gaiman）《坟场之书》（*The Graveyard Book*）的开头做了非常细致的文体解读。作者试图揭示，尼尔·盖曼的文本从一开始就不是一种简单的叙述展示，它还有力地引导着它的读者，所有的用词、句法和结构，都在试图将读者带向某处。我一开始读到这篇文章，非常兴奋，但好像刚读了个开头，它就结束了。我想，作者只是展示了存在这样一种文本研究的可能性。这仅仅是个开始。它也许代表了这类研究在当下

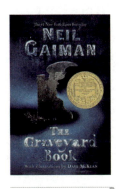

《坟场之书》
尼尔·盖曼／著
哈珀·柯林斯出版集团

儿童文学批评中的基本状况。

凯伦·科茨：你知道吗？有意思的是，找在2013年的一次演讲中做过类似的解读。那是在霍林斯大学（Hollins University）的弗朗西莉娅·巴特勒会议（Francelia Butler Conference）上，我演讲的题目是"儿童文学中的恐怖"。我分析了《坟场之书》的前九页。演讲是录音的。我不知道发表这篇文章的人有没有听过我的演讲，因为我从未发表过相关的文章。

赵霞：不可思议。这么说，你把灵感给了别人。

凯伦·科茨：就让我们称之为灵感吧。这篇文章的作者没有提过，所以，这可能只是巧合。

儿童诗歌的审美研究

赵霞：儿童诗歌是你的另一个领域。你对儿童诗歌的细读和语言分析十分吸引我。我记得，你曾引用莱纳·马利亚·里尔克（Rainer Maria Rilke）的诗论"采撷不可见之物的蜜蜂"，来比喻儿童诗歌的意义。令我印象最深刻的是你分析那首著名的童谣《一闪一闪小星星》(*Twinkle Twinkle Little Star*) 的方式，你的分析给我很大的震动，因为那跟一般的儿童诗分析很不一样。我们读这首诗，也许会说，诗歌很短，很简单，谈论的是孩子们熟悉的事物。感受它的氛围，体味它的语言，感到它虽然简单，却很别致、很动人。而你的分析试图揭示它为什么如此特别，如此动人。不同的声音带给词语和诗句不同的意境。这些语音形式层面的内容，我们有时认其为文本的表面，竭力去寻求语言之下的含义，却忽略了它也许才是儿童文学的核心。

  读了你的分析，我忽然意识到，刘易斯·卡罗尔在《爱丽丝漫游奇境记》中就此改编的《一闪一闪小蝙蝠》，其效果究竟来自何处。因为 "twinkle, twinkle, little star"，读起来是诗意的、悠远的，它的声韵带你飞向天空，听起来就很浪漫。而 "twinkle, twinkle, little bat" 呢，"twinkle, twinkle" 其声韵感觉还是浪漫、悠扬的，但是 "bat" 一词突然出现的爆破音，将一切浪漫转向了某种戏仿的滑稽。这里，最重要的也许不是刘易斯·卡罗尔将"星星"换成了"蝙蝠"，而是他改变了这首诗的声音。我认为，这是长期以来儿童文学批评中被忽视的方面，尤其是在儿童诗歌的批评中。你谈到过大卫·埃利奥特 (David Elliott) 的儿童诗《公牛》(*Bull*)，我认为，在这部作品里，正是诗歌形式给这个复述的神话故事带来了独特的效果。

凯伦·科茨：没错。

赵霞：记得爱默生说过，每个词语都曾是一首诗。我们的语言里究竟埋藏着哪些跟我们密切相关的讯息？我联想到了你在《镜子与永无岛》里写到的，那个"我"追寻着"一种已经失去且必须寻回的整体性"。我的理解是，当你在《镜子与永无岛》里谈论这个问题时，你实际上认为，这种"整体性"是无从恢复的。但当你谈论儿童诗歌，谈论细读儿童诗歌的经验时，我们似乎又有望通过诗歌的经验，来恢复这种整体感。

凯伦·科茨：我在《国际儿童文学研究期刊》（*International Research in Children's Literature*）上发表过另一篇论文《儿童诗歌的意义——一种认知研究方法》（*The Meaning of Children's Poetry: A Cognitive Approach*），也谈到这个话题。我的观点和雅克·拉康的很像：我们的身体和经验与语言世界之间始终是异质的。换句话说，当你尝试使用某种语言表达某物时，实际上并不是在谈论事物本身，你谈论的是产生自这一体系的心理观念的形成。

我认为，儿童诗歌扮演了一种桥梁角色。儿童在语言中寻找自我感，因为他们想让别人理解自己，唯一的途径就是通过自我表达以及他人的评价。人们对你进行评价，以某种方式定义你，你也借此定义自己。所有这些都是通过语言完成的。但这并不意味着，语言之外没有身体。这就是为什么儿童诗歌这么重要的原因。因为我们进入语言的方式，在某种程度上正是通过复制语音来进行。因此，节奏、呼吸、平衡、乐感，所有这些看似在语义层之外的内容，不仅与词语的意义有关，还与它们的发音——声音的音量、音调、语气、质感有关，所有这些共同构成了一种混合隐喻。

赵霞：所以，当我们以这种方式谈论儿童诗歌时，我们谈论的实际上是语言的身体部分，或者说语言的感觉部分。它与我们的身体直接相连。你听到它，凭借直觉而不是反思对它做出回应。或者说，它击中了你。与语言之间的这种联系，始终可以回溯到我们的身体——身体的感觉，身体的意识——那不是一种反思性的意识，而是对于自我身体的审美直觉或审美体认。我是我自己，我可以感觉到它，所以我以这种方式存在。这就是阅读儿童诗歌的意义之一。

凯伦·科茨：是的。

赵霞：你谈到了声音和节奏在儿童感觉中的内化。这让我想到了中国的儿童文学评论家刘绪源。当然，他不仅仅从事儿童文学评论。他很有思想，而且很高产，遗憾的是，他

《美与幼童——从婴幼儿
看审美发生》
刘绪源／著
江苏凤凰少年儿童出版社

在2018年去世了。2014年，他出版了一部重要的著作《美与幼童——从婴幼儿看审美发生》。在这本书中，他也谈到了声音和节奏的内化。他说，孩子还很小的时候，就对声韵和节奏非常敏感，包括儿童文学作品中的声韵和节奏。随着孩子长大，这种节奏感会逐渐"松开"。"松开"的意思，不是说它消失了，而是它"内化"了。你也许不能一眼就认出它来，但它留在个体身上，成为我们理解生活、表达自我的一种基础节奏。节奏的松开和内化，这个说法，跟你似乎不谋而合。

凯伦·科茨：为什么会有同样的说法？证明这是真理嘛。（笑）

审美阅读的交往意义

赵霞：谈到这里，我想我们可以说，在儿童文学这个特殊的文类里，除了文化内涵，除了教育目的——包括最广泛的教育，即教孩子如何认识世界、认识自己，还存在着一种强烈的打动人的力量。阅读的时候，我们被语言的声韵和节奏所打动。这种力量，即便不曾主动意识到，也会对你产生影响。也许这就是儿童文学对于儿童和成年人的内在意义。阅读儿童文学，你可能会获得各种各样的想法，但是首先打动你的是这种来自语言的身体部分的力量。

凯伦·科茨：我认为是。另外还有一点很有意思，有一部论文集，名叫《交流的乐感——探索人类交往关系的基础》（Communicative Musicality: Exploring the Basis of Human Companionship）……

赵霞：是谈论语言的音乐性的吗？

凯伦·科茨：是的。书中有一篇文章，谈到了各种仪式性的游戏，比如手指歌之类的，边唱边动，有些无厘头，但它可以教孩子如何与人交往。我在《布鲁姆斯伯里儿童与青少年文学导论》以及前面那篇文章里都谈到，这类活动不仅内在地连接起你的大脑神经元，使你感到与自己的身体联系得更加紧密，而且它还使人与人之间的关系更加密切，好比你们是一家人那样，这一点或许更重要。《交流的乐感——探索人类交往关系的基础》中有篇艾伦·迪桑纳亚克（Ellen Dissanayake）的论文，谈到了母亲与婴儿之间最初的交流，认为那才是艺术的摇篮。当你跟婴儿交流的时候，无时不在调整你的语气、乐感。你跟一个婴儿说"你好呀！"，不是你平常说这句话的样子。迪桑纳亚克提出很重要的一点：这么做的时候，不是我们在教婴儿怎么说话，而是他们反过来在教我们，因为只有当我们这样跟婴儿交流时，才会得到他们的回应。要是你跟一个婴儿大谈你很帅之类的话，婴儿不会搭理你。但如果你在话里加上乐感、音调，诸如此类，你们之间就会产生彼此关联的感觉。我认为就儿童诗歌而言，这一点尤为重要，因为它不只关乎你如何与自己融为一体，也关乎你如何跟同龄人、家人，所有你爱的人以及更广泛的交往社区融为一体。

赵霞：我认为这正是审美的本义，也是审美的意义。我们总是会一而再、再而三地回到审美的话题，但每一次回归，总会伴随着理解的拓展和深化。

凯伦·科茨：没错。

赵霞：不知不觉谈了这么久。谢谢你，凯伦。

凯伦·科茨：也谢谢你。

（赵霞整理翻译）

赵霞与凯伦·科茨

郁蓉

·2020 年 7 月 17 日

郁蓉，南京师范大学美术学院本科毕业，英国皇家艺术学院硕士。曾师从英国著名的儿童插画大师昆廷·布莱克。创作的图画书在中国、英国、美国、意大利等国家出版并屡获大奖。代表作有《云朵一样的八哥》《烟》《夏天》《我是花木兰》《李娜：做更好的自己》等。曾获昆廷·布莱克插画奖、费里欧出版社插画奖、希拉·罗宾森绘画奖。《云朵一样的八哥》获得第 24 届布拉迪斯拉发国际插画双年展（BIB）金苹果奖、中国上海国际童书展"金风车"最佳童书奖、"国际原创图书奖"评委会大奖及读者大奖。《烟》获得陈伯吹国际儿童文学奖绘本奖、塞尔维亚国际书展插画奖、韩国南怡岛国际儿童插画奖紫岛奖。

从作家、画家到图画书创作者
——关于图画书艺术与创作的对话

2020 年 7 月 17 日下午，赵霞与曾多次获得国内外图画书插画艺术奖项的英籍华裔插画家郁蓉女士就图画书艺术与创作的相关话题展开对谈。对谈在剑桥科顿小村郁蓉女士家的花园进行。这里是此次对谈中关于儿童文学作家和画家如何转换身份成为图画书创造者的内容。

《夏天》
曹文轩／文
郁　蓉／图
二十一世纪出版社

图画书创作中的身份转变

赵霞：郁老师，现在是夏天，我们就从《夏天》谈起吧。这是你和曹文轩先生合作的图画书，现在英文版和法文版都已经出版了，德文版也马上要出来了，封面都不一样。法文版的封面做得很好看。

郁蓉：英文版和法文版开本不一样，封面也都有调整。这些变动都是出版社根据本土文化和读者感受而进行的，也是出版行业的一种敬业精神。我挺喜欢英文版的封面，还有最后的版权页。那页文字是加上去的，用了"together"这个词，每个字母的颜色都不同，正好是故事里八种动物的颜色。麦克米伦的出版人和编辑递给我英文版新书的时候，诚恳地向我介绍了一些他们调整背后的故事，很用心。

我与曹老师合作的另外几本书，比如《烟》，这本书里面有一种深刻的哲理性，而且他的每一句话都能在我的头脑中形成画面感。可能因为我们的家乡都在江苏，他描写的那种环境是我比较熟悉的，很容易想象。我画的时候也感到特别酣畅淋漓。最近我们完成了一本图画书《一根绳子》，文字故事是曹老师写的，最后出版的时候，我们把它做成了无字书。曹老师写了一篇文字，解释这本书是如何创作出来的。这是我们又一次心照不宣的合作。

赵霞：这里面最有意思的可能是在图画书创作过程中，插画作者与文字作者之间的互相改写。不能说我是作家，我就可以自然地成为图画书作家，画家也一样。进入到一本图画书的创作语境时，画家与作家在一本图画书里发生碰撞的时候，两个人的身份都要发生一些转变。

《夏天》英文版

《夏天》法文版

《烟》
曹文轩／文
郁　蓉／图
二十一世纪出版社

郁蓉：不可避免。我跟曹老师因为合作了好几本书，大家心里慢慢有了一种经由时间酝酿出的默契。我很尊重他的文字，每次都用心去体会他的每一个字，然后再把我积累的人生经验融入艺术语言中去表达他的文字。我们双方相互爱惜与信任。

赵霞：可能在我们的图画书创作中，许多人普遍认可的模式仍然是先有一个故事，然后再配上插图。这是我们长久以来对插图童书的普遍理解。事实上，一旦进入图画书的创作语境，作家和画家都要重新学习。从图画书最独特的艺术角度来说，它是视觉符号与文字符号共同完成的叙事表达，传递的是仅用一种符号无法呈现的感觉和意蕴。当文字和图画两种符号合在一起，共同呈现故事讯息的时候，它们之间的互补性越强，协作性越强，带来的阅读趣味可能也越强。文字和图画双方不是重复提供一种讯息，而是彼此依赖，你离不开我，我也离不开你，传递不同的讯息。

郁蓉：所以我说，一本图画书的诞生过程是文、图作者共同学习和进步的过程。还有一个特别重要的地方，在国内，原创图画书的发展时间毕竟还不长，所以一般的家长和普通读者常常觉得文字比较重要，通常先看文字，再看图画，但其实在图画书中，图画跟文字是互动的，它们共存却又各自飞扬。而且在幼儿阶段，孩子们更容易从视觉上接受图画。识字的成人读图画书与儿童读图画书也有不同。

赵霞：儿童和成人读图画书区别在哪里？我跟孩子读书时强烈意识到：翻开一本图画书，大人的第一注意力通常放在文字上，看完文字再看图，孩子正好相反。我给他读文字，我的手指搁在画面上的某个位置，他会把我的手指挪开。孩子的第一注意力是放在画面上的。实际上，他们对画面的解读能力也是很强大的。

郁蓉：最近我正在准备一门家庭美育课，每天要做几个小录像，讲怎么将日常生活审美化。准备这门课程的时候，我忽然意识到，你可以在玩中把在家做的每一件事情变成艺术。小孩子的想象力、创造力、感悟力太神奇了，他们无拘无束，自由自在，想做什么就做什么。比如说一个盒子，对孩子来说那就是一个世界！他可以把它想象成很多东西，飞船、摇床、农场、小池塘……但是对我们大人来说，这个盒子就只是个盒子，用完了就把它踩扁了去回收。其实生活中的美无处不在，等着我们去捕捉。读图画书一边是读故事，一边是读图画，从审美教育角度看，图画里面藏着的奥妙可多了，色彩、构图、角色……

赵霞：单从绘画艺术来说，它是很丰富的，有很多东西可以讲。但是，绘画艺术进入到图画书艺术以后，它既是绘画艺术，又不仅仅是绘画艺术，这方面你一定也是深有感触的。我想你在皇家艺术学院求学的时候，可能没有想过，我以后要做图画书作家。后来你成为图画书插画家，是不是也有一个角色的转换过程？

《我是花木兰》
秦文君／文
郁　蓉／图
中国少年儿童新闻出版总社

郁蓉：我觉得这个里面可能的转换，一是态度，二是技法。拿技法来说，我最早创作的《云朵一样的八哥》，那本书真的是非常纯正的艺术创作，我当时想用一种全新的方式去呈现中国的传统剪纸艺术。但是我现在做的，比如《我是花木兰》和《李娜：做更好的自己》，创作手法改变了很多，其中一个原因就是，我想在绘画语言中更多地交代一些儿童会注意的细节，或者说他们更容易吸收的图画中可以传递的信息。

童年视角的再思考

《李娜：做更好的自己》
阿　甲／文
郁　蓉／图
中国中福会出版社

郁蓉：做图画书，既要从儿童的角度去创作，又要把艺术的个性表现出来，这是一种平衡的考验。孩子的思维角度、看作品的角度跟我们想象的完全不一样。我们只能尽力去回想自己童年的时候是怎么样看世界的，然后再与现在的经历结合起来，不过即使这样也很难达到那种纯真的童年视角。但是，你又觉得这种创作者的角度，或许可以对孩子起到引导作用。

赵霞： 所谓纯真的童年视角，很多时候是我们的共同想象，觉得存在着这样一个角度。但事实上，一个孩子不可能生活在真空里，他的世界跟大人的世界是混为一体的。所以，当你认真地来呈现这个世界、呈现生活、呈现你对生活的理解的时候，你对儿童读者来说是最负责的。如果你真的认为孩子很简单，他看不到那些东西，我就不呈现了，可能反倒限制了童年视角的某种广阔性。

郁蓉： 对。最近我也开始读一些理论书籍，有些作者说，你一定要去考虑孩子的世界，在某种场景下孩子会怎么做。但在创作图画书的时候，我们一方面要考虑孩子的世界，另一方面也不能光凭这样的想法就去呈现一本书，还是要加一些东西。比如说这本《一根绳子》，它的每一页都是可以玩的，但最后我们还是需要一些逻辑把它们贯穿在一起。

《一根绳子》
曹文轩／故事
郁　蓉／图
二十一世纪出版社

《一根绳子》内文图

赵霞：童趣这个东西也很复杂。我们看到并通过艺术方式表现一个孩子的世界，其实我们也许希望世界在某一个片段、某一个时刻就是这样的。一根绳子不仅是用来拴气球的，你还可以发挥无限的想象力，让它实现各种可能。所以在呈现的时候，一方面取童年生活当中的这一个点，但另一方面，一旦艺术家开始进入这个点的创作，所有的经验和知识，所有的体验和领悟也全部都融入进去了。这些都使一本图画书真正地丰厚起来。

郁蓉：你刚刚说到生活体验，就拿我的导师昆廷·布莱克（Quentin Blake）的作品来说，同样的作品，我每次看感觉都很不一样。记得他有一本书叫《阿米蒂奇夫人骑车去兜风》（Mrs Armitage on Wheels）。阿米蒂奇夫人骑车从两个老人身边穿过，把他们吓了一大跳，昆廷·布莱克画那个老太太非常惊讶地跳了起来。我现在再看，就会注意到里面的更多

《阿米蒂奇夫人骑车去兜风》
昆廷·布莱克／文图
企鹅兰登书屋

细节：老太太带了一个小包，包里的东西跳出来了，她戴着的小眼镜也飞上了天，还有一个小首饰掉了，还有，老太太崴脚的姿势跟年轻人是不一样的……我觉得是他的生活积累或者说他对周边人物、生活环境的细致观察，才使得他的画这么独特。随着岁月的沉淀，我们对生活的理解不断加深，看到的也更多更宽广。因为昆廷·布莱克是我的导师，所以我看他的作品才特别用心吧。

赵霞：我曾很多次认真地凝视昆廷·布莱克的插画，他绝对不是一个以高超的传统绘画技巧示人的画家。为什么他给罗尔德·达尔（Roald Dahl）绘的插画就能成为经典？因为他的画跟罗尔德·达尔的文字特别配。当他用不连贯的笔法画人物的时候，你会发现，他笔下的人物都很"活"，每一个人物都充满了活力，在那里捣蛋、摔跤，好像有无尽的能量从每一根线条里散发出来。绘画是为了什么呢？往远处想，做画家，你要表达自己的与众不同，但是就像你说的，美无处不在，最终我们还是要回归生活之美。归根结底，还是要找回我们日常生活当中那些最美好、最珍贵的东西。

所以，可不可以这样说：对你来说，图画书的插图创作，当然是给孩子们提供非常棒的艺术享受和文学享受的过程，但同时，它对你而言，也是一个从生活走到广阔的艺术世界，再从艺术世界回到更宽广、更具体生动、始终吸引你的生活当中的过程？

郁蓉：这里有一个前提，就是你要明白自己是谁。拿我来说，我花了好多年去学艺术，画了很多很多习作。我1998年到英国皇家艺术学院求学，中西方老师的指导方式很不同，我突然茅塞顿开了。我意识到，比手上日积月累的绘画功力更重要的是那指挥双手作画的头脑。这对我来说是醍醐灌顶的。一点儿都不夸张，就是你忽然间意识到你是你自己。你想嘛，二十世纪九十年代初，那时候我们光知道跟老师学，素描啦，水彩啦，速写啦，油画啦……但都不知道自己该怎么去思考。基本功当然也很重要，但是你在学习各类技法的同时，怎么样不去锁住自己的思维空间，这是个大问题。

到皇家艺术学院学习的时候，我二十几岁，忽然间脑洞大开，这是一个非常重要的人生体验。我突然意识到艺术原来是可以这样玩的。思维一开阔，就可以全身舒展地去追求艺术了。你的勾提拉拓，你的油盐酱醋，你的喜怒哀乐，就可以在创作当中去完成你所说的"回归"。不知不觉中我学会了怎样"回归"。第一，相信自己。我就是我，我画的就是这样的，你觉得不好也好，觉得好也好，这就是我的个性和创作。第二，灵活自由地使用你自己，去做"我就是我"。如果把创作比成一口大锅，我们可以把从生活中采集的各种元素抛入锅里，闻一闻，搅一搅，尝一尝，嚼一嚼，烧出一份属于自己的独特的作品。这是一种非常幸福的状态，这是属于你自己的世界，也就是用生活的世界再去创造另一个艺术世界。丰富完善那个艺术世界，会把你积极地带回生活中重新体验和感受。这种互动得到的满足感呈现出来的价值，读者能看懂、能欣赏，那是最完美的。生活和艺术是相辅相成的。

赵霞：所以你现在从事图画书创作，是以一个有领悟、有生活的艺术家的身份来进入这种创作。你作为一个艺术家的丰沛的智慧和才华，全部呈现在你笔下的插图中了。当这个作品呈现给孩子们的时候，像我们之前说的：第一，它是艺术；第二，它更是生活。

图文之间的留白与成全

赵霞：刚才谈到图画书创作中作家和画家之间的合作，一个是以文字思维为主，一个是以图像思维为主，各取所长，进而创造出让人感到震撼的艺术表达效果。我特别想问一下，你在跟文字作者合作的过程当中，对他们会有什么样的期望？

郁蓉：我特别希望文字作者和编辑不要从美术的角度来参与。有时候，他们点到为止，的确是非常有用的。如果讲得太细就完了，因为我头脑中就会出现那些画面，我知道你想要什么了，我自己的思维程序就被引入了一个方向，一个不是我内心可及的方向。我和阿甲老师合作《李娜：做更好的自己》时，他做了大量的背后阅读和研究，给了我很多细节上的建议，比如最后的折页用李娜的真实照片，当时听到他的建议，我很兴奋。而另外一个合作项目，编辑提出了一个非常完整的建议，一种很具体的表现形式，我就手足无措，没办法创作了，而且我对整个项目失去了兴趣。虽然整个建议方案很不错，但对我们这本书的创作是一个极大的限制。文字作者不知道怎么办，我也不知道怎么办，因为这套好的方案并不适合我们。

赵霞：除了希望文字作者和编辑不要太多从绘画角度来影响创作以外，还有没有其他问题？

郁蓉：还有就是，我觉得一般的图画书文字，除非确有必要，可能文字量越少对插画家的帮助越大，因为我们真的需要空间。现在差不多每个星期都有人给我看文字作品，有的你读一段就读不下去了，因为在读的过程当中，你会感觉自己的灵感泯灭了。我觉得好的图画书文字作品，应该可以给插画家打开一扇窗，至于打开以后接下来怎么去创作，你一定要给画家很大的自由。

赵霞：图画书文字的多少，可能还要由图画书的内容决定。刚刚你说的文字量越少越好，我理解的是对文字作者和插图作者双方互相留白、彼此创造空间的一种期望的表达。

郁蓉：是的，留白，互补，共荣。双方不停地磨合。从一开始的我要这样，你要那样，相互打几拳，然后揉一揉，

《脚印》
薛　涛／文
郁　蓉／图
安徽少年儿童出版社

到后来的拥抱，我相信你，你也相信我，这个过程多么的有滋味！我刚刚跟薛涛合作完成了一本图画书《脚印》，是关于留守儿童的。因为我是南方人，对东北很不熟悉，我们亲密合作的过程中，前前后后在文字和版式上做了很多次调整。大家都是透明的开放式互动。2018年上海国际童书展以后，我还特意到东北和薛老师考察了好几天，看乡村看田野看风情。在画插画的过程中，我也多次征求他的意见，比如冬天东北的雪地里有什么动物，春天山坡上有什么野花，村里的汽车站站名，等等。文字作者珍惜他们的每一个字，绘画作者也一样，我们彼此在互相的珍惜当中寻找结合点。

赵霞：所以，真的进入图画书创作的时候，可能就应该怀着这种态度。作为作者，一旦进入图画书的创作，一定要有所调整。有这个心理预期以后，彼此就能够更好地来合作。因为大家都在进入一个跟自己原来熟悉的单一符号表达方式不一样的图画书表达方式。

郁蓉：对。大家一定要明白一点，作者、画家、编辑是一个团体，这个团体的最终目的是一致的，就是怎么样把这本书以最好的状态呈现给读者。文字作者通常都很开明，可能大家对我的图画书图像呈现比较认可，他们知道我会尽心尽力以最好的方式呈现文字故事，所以对我很信任。我的创作过程没有任何刻意，就是跟着感觉走。第一次读故事的时候，是我决定做不做这个故事的时候，一般读一下就知道它能不能打动我，撞击出火花。一旦做出了决定，就意味着我赌下了我的承诺，我一定会废寝忘食地实现对文字的再次创作——用图画的形式。

赵霞：一方面是因为大家看到了你在图画书创作领域的才华，所以可以放心地把文字交给你。另一方面，这些年原创图画书艺术也有了发展，在文字作者和插图作者之间，大家也在慢慢寻求一种更好的合作状态——是彼此信任，而不是互相较劲，是怎么更好地合作，来完成一部漂亮的作品。

郁蓉：我觉得图画书作家和画家对图画书的理解也越来越透彻了，大家现在都知道图和文是相辅相成的，就好像婚姻，需要我们去协调，去经营，然后再一起把这个"孩子"生出来，养育好。

传统文化元素应该更好地与
图画书艺术相融合

——关于当代图画书创作的对话

2020 年 7 月 17 日下午，赵霞与英籍华裔插画家郁蓉就图画书艺术与创作的相关话题展开对谈。对谈在剑桥城科顿小村郁蓉女士家的花园进行。这里是此次对谈中关于传统文化元素与图画书艺术关系的内容。

传统元素应与图画书艺术相结合

赵霞：你的图画书创作有着非常明晰的个人特点和风格。比如现在大家说到你的图画书插图艺术，可能就会想到你对传统剪纸艺术的吸收和运用。我认为这种跟中国传统艺术的联系，在你的个人风格中，扮演了一个符号性的角色。

郁蓉：是的，中国传统文化和艺术构成了我整个创作的重要背景。把中国民间剪纸艺术的形式转化为一种创作方式，是我很引以为荣的事。我在中国生活了二十六年，经历了二十六年中国文化的熏陶和艺术的科班训练。当年我进入皇家艺术学院时，是准备去迎接新的西方艺术的，我对它充满了好奇，心态也非常开放。当沃克出版社（Walker Books）和系主任、老师们被我创作的描述一对姐妹童年生活的红色剪纸打动时，我是喜形于色的。两年后，我毕业时，我的创作身心已经得到了极大的解放。此外，这么些年在英国的侨居生活，使我对自己根深蒂固的文化背景愈发崇拜和思念，这些自然而然地浸润到我对中国民间剪纸艺术的摸索和再创作中，这完全是一个水到渠成的过程。

赵霞：虽然身居英伦多年，但从你的图画书创作中，还是可以看到一些比较鲜明的中国传统艺术观念和创作印记。我一直觉得，谈论图画书中的传统文化，需要理解传统文化本身绝对不是图画书艺术的一个充分条件。传统文化在图画书艺术里更加进一步的化用方式，应该是创作者怎么样把传统文化元素跟图画书艺术更好地融合为一体，也就是这种文化元素或技法本身怎么样跟创作者要表达的内容非常妥帖地融合在一起，而且通过图画书的方式，更好地传递作品的内容。我们也有一些插画家在往传统这个方向走，所以这可能是一个值得探讨的重要问题。

《云朵一样的八哥》
白　冰／文
郁　蓉／图
接力出版社

你和白冰先生合作，得过布拉迪斯拉发国际插画双年展金苹果奖的《云朵一样的八哥》，融入了很多自己的生活经验和感受。它给我触动，中国传统剪纸艺术的运用肯定是一个原因，但我觉得这不是最重要的。故事里的八哥很长时间都处于寻求飞出房子或笼子的状态，你运用剪纸造成了一种阴影感，它和剪纸的色彩一起，跟八哥被"框范"起来、笼罩起来的某种情绪形成了一种呼应。所以你是把剪纸艺术的特点和图画书的艺术表现非常好地结合在了一起。

郁蓉：你的解读太好了，我都没有意识到这层意思。这样的解读也许挖掘出了我创作背后的一种自然的直觉影响。《云朵一样的八哥》是根据我的亲身经历改写的故事，白冰老师的诗歌体文字非常形象地表达了我的内心。整个故事是温馨的，可又是一段很让我留恋的伤心往事。选择用深蓝色的宣纸，是我对传统剪纸挑战的第一步。为尊重传统剪纸风格，我保持了民间剪纸的原生态和稚拙的技法。而在构图处理上，那就完全图画书艺术化了，基本脱离了传统剪纸的形式。

赵霞：我觉得艺术家就是这样，当你绘画的时候，其实所有的意蕴都在作品里面了，解读则是另外一回事情。我也不觉得昆廷·布莱克画他那些标志性的线条的时候，一定会想着，我要让它们活动起来、活泼起来，可这就是创作中隐

我不想唱歌，不想唱歌，
笼子外有我的梦，
笼子隔着我和丛林、云朵。

《云朵一样的八哥》内文图

秘的真相，是了不起的才华和本事。读《云朵一样的八哥》时，我在想，它打动我的地方到底在哪里？在这个辽阔广大的世界里，你既是自由的，又永远有那么一点儿阴影笼罩着你，它一直存在，而你一直想要冲破它。这当然也是生活的一部分，有的时候甚至是甜蜜的一部分，可甜蜜的部分也会沉重啊。你会觉得这不仅仅是一只八哥的生活，也是我们每个人生命的境况。

郁蓉：是的，这就是一本图画书的魅力。艺术家用生命的沉淀完成的画面可以被看懂，产生共鸣，幸福啊。

从外在的形式到内在的精神

赵霞：我认为，在图画书创作中运用传统文化和艺术元素的时候，能够实现它们跟图画书艺术的深层次结合，表达深刻的内涵，这种传统文化和艺术手法的运用，可能才是最好的。

郁蓉：如何运用传统元素，这个问题说简单很简单，说深奥也很深奥。我这本《云朵一样的八哥》运用了剪纸的形式。当时沃克出版社对我感兴趣，也是看了我那组红颜色的讲述一对姐妹童年生活的剪纸作品。这本书的色彩是我自己设定的，它是我在皇家艺术学院的毕业创作。一开始只有深蓝色的剪纸，我的系主任特别欣赏，说有一种时尚的平面设计美。每一个老师看了，都说是一种新潮流。当我加了铅笔、彩笔线描后，沃克的出版人说，这是独一无二的时尚。其实到现在我也不明白，他们为何用时尚这个词来形容。

赵霞：红颜色就完蛋了。

郁蓉：所以我可能是找到这个颜色，才喜欢这样做的。传统元素的运用，不应该停留于形式的运用，否则，很容易被牵制。创作的关键是全身心的自由飞翔。我给你看过《舒琳的外公》那本书吗？

赵霞：看过。

《舒琳的外公》
马特·古德费洛／文
郁 蓉／图
贵州人民出版社

郁蓉：这是英国 Otter-Barry Books 出版社约的稿。这家出版社以出版多元化和包容性为宗旨，我特别看重。我的画法也是剪纸与线描结合在一起，但是传统剪纸的影子已经不明显了。色彩上更丰富了，技法也变化了。中国元素呢，以不同的方式进行了表达。比如说舒琳身上穿的衣服，是喜鹊登梅的那种剪纸。书中间还呈现了一幅传统中国水墨山水画。

第一次见到舒琳时，
她穿着黄色的雨鞋和粉色的外套，
说着一口破破巴巴的英语。

《舒琳的外公》内文图

赵霞：我记得书包是熊猫形状的……

郁蓉：书包是熊猫，是按照我们全家前年去成都时，老三的好朋友送他的熊猫背包画的。现在老三背已经嫌小，可是他还是紧紧地背上，我挺感动。这是老三对我的文化背景的向往。舒琳的饭盒，她吃的东西，还有后来外公去给小朋友们画画时，她换的那一身鲤鱼跳龙门图案的衣服，她梳的中国传统式的小鬏鬏，上面插着的发簪……这些都是中国元素的呈现。我当时想做的其实是中国蜡染图案——现在她衣服上的这些小细节，是以一种蜡染的形式呈现的。我觉得做到一定程度的时候，自己已经不再刻意地想去传达传统元素了，可能有点儿熟能生巧的意思。同时，也更多地开始思考形式背后的精神与审美问题。

赵霞：从符号的表象层进入表意层。

郁蓉：是的。怎么去体现中国元素，可以用绘画、照片、文字、雕塑等各种各样的形式，但是我们不能仅仅停留在外在的现象层面，而应该深入到文化与审美的内部，只有这样，作品才经得起读者品味。所以，我觉得孩子在读这本书的时候，不经意间看到这些图案的意象——成人也许看不到，但是孩子肯定能看到——也许当时没有反应，但十年以后也许他还记得舒琳身上穿的这件衣服。当他在别的地方看到了一个中国的碟子，碟子上是这样的图案，他就会产生联想，并体悟到其内在的意蕴。我觉得，达到这种效果，对一个创作者来说，就是一件很有价值的事情。

传统手法与艺术创新

赵霞：你有了这些运用剪纸艺术的作品，接下去也想将其他中国传统的艺术元素融入图画书的创作，那么，在这样的创作和思考过程中，会不会也有某种焦虑？比如剪纸艺术，《云朵一样的八哥》《艾米丽亚小鹅的一天》《我是花木兰》《烟》等书中都用到了，你会不会感到焦虑——不是着急，而是在创作当中想要再突破自己？

如果有一天，大家把插画家郁蓉的名字，跟剪纸或者跟某一个传统文化符号联系在一起，会不会对你造成创作上的压迫感，或者说紧迫感？归根结底，在运用这些元素的时候，怎么样才能跟过去有所不同？这个"不一样"是指质的不一样。比如，从《云朵一样的八哥》到《我是花木兰》，剪纸艺术的运用是有变化的，包括色彩的变化，位置的调整等。未来的创作，你是不是还会想有进一步的变化？

郁蓉：对我来说，把焦虑换作另外一个词比较好，就是挑战。我特别喜欢迎接新的挑战。比如说我与秦文君老师合作《我是花木兰》，最初，我真的不知道该怎么进行。这个新

《我是花木兰》内文图

项目非常棘手，可是能一下揪住我的心。我心里清清楚楚，这本书的创作会打开我内心深处的另一扇门。所以，我肯定要对自己有要求，我不知道怎么做，那我就试着去做。当然，前前后后我经历了多次反复，最终还是完成了。

我最近正在与金波先生合作一本书，书名叫《迷路的小孩》。这个故事打动我的是它的可想象性、可延伸性，还有一点儿神秘又大众的味道。故事讲一个小孩儿迷路了——这种迷路的体会是零岁到九十九岁都可能遇到的，我就特别着迷，因为我们每个人都曾经或可能迷路。创作的时候，我想了好久好久，废寝忘食地想啊想，终于想到一个办法，在书中间加上一本子书，就是那几页无字书。想到这个方法，我就和金波老师商量，他欣然同意，说："你想怎么样就怎么样。"我是幸运儿，被作者们宠爱着，这对我的创作无疑是一种强大的推动力。当然，我会去琢磨怎么样出新——就像你说的，想要突破，克服焦虑，或者说是迎接挑战。

《迷路的小孩》
金　波／文
郁　蓉／图
人民文学出版社、天天出版社

赵霞：母书和子书有大小的区别吗？

郁蓉：有啊。加进去以后，这一页主角是从母书进入子书的。子书里面藏了一个彩虹。

赵霞：加了一个类似幻想的旅行。

郁蓉：对，为了让整本书更丰满更好玩，我就在中间加了一个天马行空的彩虹的想象。这也是我作为一个成人想追求、想体会的一个舞台，就像是现实和理想的交叉。

关于《迷路的小孩儿》我还在考虑一个问题，就是读者的审美训练。子书用的都是剪纸手法，每一页我都用了一个彩虹色，赤橙黄绿青蓝紫，但里面没有文字，任由读者自由自在地畅游在各色的画面里。我想表达的是，作为一个小孩儿，你可以做你想要做的事情。这个剪纸跟原来的剪纸又是不一样的。

《迷路的小孩》内文图

赵霞：这个有意思。为什么呢？剪纸艺术就其本身来讲当然是艺术，但有时候也要承认，它首先是一种民间艺术形态。我们可以把它文人化，但是这种技法本身，比如它所有的线条都是整齐的、封闭的，其实会造成某种限制感。

郁蓉：剪纸非常有局限性，同时因为局限，又造就了无穷的发展空间。这是不是就是辩证的关系？好像，你不让我玩，我偏要玩个尽兴？

赵霞：你的这个想象很棒。剪纸的线条，是把力量给框起来，收起来。所有的线条都很光滑，而且必须全部连在一起，没有漏洞，有漏洞就掉下去了。但是现在，透过这样的剪纸，我看到了想象力的爆发。

郁蓉：做到一定程度，我也会腻，就想试一下自己还能做什么，所以我珍惜这样的机会。现在有好多故事来找我画插图，但我其实更想做完全是我自己创作的图画书，并且我已经有好几个构思了。当然，画别人的故事有个好处，就是这个故事不是你预料中的。这种不可预料性，可以激发存在于你身上某个角落的"宝箱"，你可以再把它打开。

赵霞：有时候我们自己可能不一定意识得到，因为已经习惯了一套现成的符号系统。这也是另外一种形式的激发。

对话
蔚芳淑

· 2020 年 8 月 14 日

蔚芳淑（Frances Weightman），英国利兹大学当代华语文学研究中心主任、副教授，英国爱丁堡大学博士，主要从事中国文学及其英译研究。著有《十七世纪中国小说中的童心追寻——幻想、天真与痴愚》（*The Quest for the Childlike in Seventeenth-Century Chinese Fiction: Fantasy, Naivety, and Folly*）、《游戏中的中国人——节庆、游戏与闲暇》（*The Chinese at Play: Festivals, Games and Leisure*，合著）等。

一切无不与童年有关

——关于儿童文学翻译、批评与阅读的对话

英国利兹大学当代华语文学研究中心，致力于推动汉语文学，包括汉语儿童文学在英语世界的创作、研究与译介。2020年8月14日上午，赵霞与利兹大学当代华语文学研究中心主任蔚芳淑就儿童文学翻译、批评与阅读的相关话题开展了线上对谈。

名字、翻译及其浪漫的隐喻

赵霞：让我们先从翻译的问题谈起。翻译涉及复杂的语言、文学和文化问题，比如看似简单的文学人物的名字，翻译时也需要仔细斟酌。

蔚芳淑：是的，当我们谈论翻译，特别是文学翻译时，有些人认为，不要翻译人物名字，应该用音译，始终保持它

与原文的一致。但这是一件困难的事情。英文名字多有寓意，尽管我们大多数人实际上并不知道它们是什么。可能因为我是从事语言专业的，我给孩子起名字的时候，仔细查过它们的意思。我记得莎拉有公主的意思，瑞秋就不记得了，当然我只是确认一下有没有什么不好的含义。在中文里，每个人的名字都有含义或者象征意义吗？它会影响你如何看待这个人吗？

赵霞：大多数情况下，对别人来说，它只是一个名字。如果你从没见过某个人，看到名字，也许会产生某些想象或期望。一旦跟这个人熟悉了，这个名字就代表着一个非常具体、生动的人。有意思的是，一个人的名字跟他的个性有时会产生奇妙的关联。中文名字里的每个字都有含义。比如你会发现，有的人名字中有"宁""安""静"等字，他们可能真的比较安静。常常也有人想要改名字，因为觉得名字里的意思不符合他的期望或特点。刚才你提到了翻译，我想说的是，中国文学在被翻译成英文的过程中，大多数情况下，名字的读法的确是一样的，但名字中蕴含的意义却消失了。

蔚芳淑：这很有意思。但像《青铜葵花》里，"青铜"和"葵花"这两个名字，翻译过来仍然保留了名字本身的某种意味。怎么取名字肯定是有原因的。孩子们阅读时，他们是仅

《青铜葵花（世界著名插画家插图版）》
曹文轩／著
阿方索·卢阿诺／插图
中国少年儿童新闻出版总社

把这些名字视作符号呢，还是会把它们跟某些意义联系在一起？那么，我们在翻译时，该怎么对待这些名字？比如，汪海岚翻译的中文图画书《西西》，她把主人公的名字"西西"译成"CeeCee"。我认为应该保留原来的名字，但她的想法是，名字应该便于发音，对英语世界的孩子来说，"XiXi"这个音他们很难发出来。

赵霞：在《青铜葵花》里，作者给他的角色起了很特别的名字。其实，在乡下很难找到一个全名叫青铜的男孩儿，通常他还应该有一个姓氏，比如周青铜。这么一来，感觉就很不同了。周青铜和青铜，李葵花和葵花，确实不一样。如果只读"青铜"和"葵花"，你会感到这两个名字很有诗意。青铜可能会让我们想到某种远古的铜器以及与之相联的意味，葵花呢，是花儿，而且跟太阳联系在一起。"青铜葵花"合在一起，还是小说中提到的雕塑作品。但是，如果换成"周青铜"和"李葵花"，你会忽地感到，所有的诗意都回到了最日常不过的生活中。那是我们每个人平凡琐屑的日常生活。在中国，许多女孩儿取花为名，然而一旦将这些花的名字跟姓氏放在一起——大多数都是普通常见的姓氏，比如赵、钱、孙、李等——可能就变得很不一样。

蔚芳淑：那么在中文语境里，如果只是看到《青铜葵花》这本书的标题，人们会立马把它们跟两个名字联系在一起吗？

赵霞：应该有个过程。如果读者对这本书的内容一无所知，光看题目，可能会感到"青铜"与"葵花"这一组合本身不太寻常。但透过封面——各个版本的封面上都有孩子——可能可以猜到一二，至少知道这是一本儿童图书。等到翻开书，读上几页，就会知道"青铜""葵花"是两个孩子的名字。但是我仍然认为，放到乡土题材的现实主义叙述语境里，这种给儿童角色起名的方式是可以讨论的。曹文轩是用一种不无浪漫的笔法在写一段艰难的童年时光，然而，当这艰难的生活带上浪漫的基调时，它也许就不那么现实了。我读《青铜葵花》，感到里面的不少场景太浪漫了，因而就不太现实。尽管作者的本意之一是想表达即使在艰难的人世中，我们仍然可以过一种高贵的生活，但我还是认为，如果那种艰难本身被表现为一种过于浪漫的事物，它就成了另一种对象。我们并非克服了现实中的艰难，而是在想象中完成了一种征服，后者恰恰是不现实的。

蔚芳淑：在城市题材的作品中，这种浪漫化的起名现象，是不是同样存在？

赵霞：也有，但情形不一样，原因也很复杂。有的乡村小说里，人物的名字很浪漫，但作家通过给它加上一个普通的姓，去浪漫化，也可能成了反讽。

谈到中国城市童年的表现，我的一个印象是，在中国儿童文学、包括中国文学的对外翻译中，乡村题材比城市题材的作品数量更多，受到的关注也更多。我不知道这个印象准不准确。在我看来，这可能与过去对中国的刻板印象有关。前现代的中国总是跟乡村、贫穷、落后联系在一起，这曾经是现实，也是一个写作传统。实际上，在中国现当代文学史的相当长一段时间内，有相当多的文学作品，包括儿童文学，涉及乡村儿童形象。直到最近二三十年间，中国城市儿童生活题材的作品才前所未有地大量涌现。但在我看来，中国城市童年题材的儿童文学仍然很少被翻译成英文，其影响力也远不及关于乡村童年的书写。当然，这只是我个人的印象。

怎样理解"淘气包"美学

《淘气包马小跳》英文版
杨红樱／著
哈珀·柯林斯出版集团

赵霞：中国城市儿童生活题材的童书中有部著名的畅销作品——《淘气包马小跳》。这部作品的英文版是哈珀·柯林斯（Harper Collins Publishers）出版的，译作 Mo's Mischief。

蔚芳淑：我没有读过《淘气包马小跳》。作者是杨红樱，是吗？

赵霞：是。故事的主角是个男孩儿，名叫马小跳，英文翻译为"Mo"。我们又要说到名字的翻译了，要是照着马小跳的中文拼音翻译，原来名字里的意思就没有了。马小跳是个淘气的男孩儿，他刚出生就会跳，大人们把这当作一件神奇的事情。小说里，"马小跳"这个名字实际上意味着这个男孩儿很顽皮，翻译成"Mo"，一定程度上保留了他的姓"马"的读音，也传递了顽皮的意思。这是一个系列作品。我觉得，刚开始杨红樱可能还没有完全想好是把他写成童话里还是现实中的角色，因此两者的边界有些模糊——刚才说的马小跳出生就会跳的场景，就是这种模糊性的痕迹。后来她把"淘气包马小跳"写成了一个现实题材的系列小说。很显然，在中国和西方文化中，对于"淘气"一词有不同的定义。中国孩子身上被认为是越界的淘气行为，在西方读者看来可能并不算越界。放在儿童文学的语境里，跟长袜子皮皮式的"淘气"相比，马小跳的"淘气"可能并不出格。故事里，马小跳常常打破规则，但最后还是会回到规则里。可能中国的家长也更愿意接受这样的故事。所以对西方读者来说，他们并不认为这是一种先锋的美学，这里面有文化的区别。

《长袜子皮皮》
阿斯特丽德·林格伦／著
中国少年儿童新闻出版总社

么儿童之家、'舅舅表'和里斯本，多没意思。"

随后她把马举到院子里，三个人一齐骑了上去。阿妮卡开始时很害怕，不想骑，但是当她看见杜米和皮皮骑在马上很有趣时，她就让皮皮把她也举到马背上去。马在院子里转圈小跑，杜米唱道：

"这里走来吵吵闹闹的瑞典人！"

晚上杜米和阿妮卡躺在床上，杜米说：

"阿妮卡，你认为皮皮搬到这里来好不好？"

"当然好。"阿妮卡说。

"我一点儿也记不得她来之前我们是怎么玩的了，你记得吗？"

"记得一点儿，我们玩槌球游戏什么的。"阿妮卡说，"不过我认为，跟皮皮一起玩儿好像更有意思，骑马什么的真有趣！"

皮皮肯定不适合上儿童之家。他们没有提起房顶上发生的事情。阿姨和叔叔都认为最好让皮皮继续住在维拉·维洛古拉。如果她想上学，她自己会安排的。

皮皮、杜米和阿妮卡高高兴兴地玩了一个下午。他们继续中断了的咖啡宴。皮皮吃了十四块椒盐饼干，然后说：

"这两个警察不是我说的真正的警察。啊！他们老是讲什

《长袜子皮皮》内文图

蔚芳淑：我不敢说西方的态度在多大程度上受到古典观念的影响，即认为文学是生活的某种补偿，而非对现实的反映，或者对想象力的拓展。古希腊戏剧观就是这样，通过观看、体验戏剧故事里的悲剧或痛苦，我们就能在现实生活中更好地接受它。说到《长袜子皮皮》（ *Boken om Pippi*

Långstrump），我想到了一部糟糕的儿童电视剧《讨厌鬼亨利》（Horrid Henry）。这部剧是由儿童故事改编的，很受孩子们欢迎。我女儿学校的老师偶尔会在课间十分钟的时候给他们看这个剧——要是孩子们表现好的话。我简直不敢相信，孩子们很喜欢这部剧。我只能看一点点，看多了就受不了。这部剧里没有一丁点儿关于做坏事的道德判断。讨厌鬼亨利有个他很不喜欢的兄弟，叫完美的彼得，但亨利是主角，尽管他处处让人讨厌。这背后的观念可能是，孩子们有他们自己关于淘气的各种想象。我猜这也是儿童文学和童书的一种观念。我不读这类书，也不给孩子买这类书。

赵霞：这是你作为母亲的阅读审查？

蔚芳淑：是的。我很抱歉这么做，但我觉得父母也是人。这类书跟《小屁孩日记》（Diary of a Wimpy Kid）之类的图书差不多，大概是以后者为蓝本创作而成。

赵霞：我也正想说《小屁孩日记》。你喜欢这套书吗？它也是畅销书。

蔚芳淑：我女儿喜欢。我不喜欢。

赵霞：我也不喜欢。有时候，孩子看到有人摔倒在地，会觉得很好笑。我儿子这些天对"大便"一词津津乐道，他看到诸如有人一脚踩到大便的情形，就会感到好笑。这当然是可以的。但谈到文学作品，又是另一回事了。因为这样的滑稽只是幽默感的表层，它甚至还没有达到幽默的及格线。我们首先要学会怎么笑，接着还得学着领会那种含蓄的、有意味的笑，再接着是体会如何善意地笑。但在《小屁孩日记》里，只是你捉弄我，我捉弄你。父母和孩子、老师和学生、兄弟姐妹之间，大家互相捉弄取笑，一切都是为了做出滑稽的效果，没有人彼此真正友善地相待。这部作品也有中文版，宣传里提到它是全美乃至全球的畅销书，但我不喜欢。

蔚芳淑：也许我们可以做一个关于"淘气"的研究。

赵霞：什么是"淘气"？或者说，什么是文学和艺术层面上的"淘气"？如果只是让小孩子跳来蹦去，搞各种恶作剧，不一定是文学和审美层面的"淘气"。如何认识和表现这种"淘气"，我认为这是一项艰巨的文学任务。

蔚芳淑：是的。也许应该将"淘气"视作一种美学。不妨看一看"淘气"与"孩子气"之间的联系，或者说跟"幼稚"之间的联系。

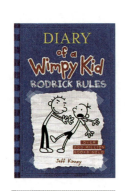

《小屁孩日记》
杰夫·金尼／著
哈利·N·艾布拉姆斯出版社

赵霞：我喜欢"孩子气"这个词。说到"幼稚"，它常常跟一种儿童的观念联系在一起，即认为儿童是一种比成人更低的存在，他们尚不成熟。有一位英国儿童文学评论家彼得·霍林代尔（Peter Hollingdale），他曾经提出使用"儿童性"一词，以摆脱"幼稚""孩子气"等词中传统的消极含义。

蔚芳淑：我认为"幼稚"和"孩子气"是不一样的。"幼稚"倾向于消极的评价，但我希望的是积极的评价。罗伯特·布朗宁（Robert Browning）说，天才总是带着点儿孩子气，却与幼稚毫无关系。在我看来，在"孩子气"这个观念里有某种童年观的理想色彩，就像"童心"一样。

赵霞：很多哲学家谈到过这种"孩子气"。比如法国哲学家布莱士·帕斯卡（Blaise Pascal）说过，智慧把我们带回童年。

蔚芳淑：我目前正在写的一本书中有个章节，就是关于理想童年与现实童年的关联的。就像我们开头谈到的名字一样，人们觉得两者是可以分开的，但事实上，只要谈到其中一个，我们就会想到另一个。我还写了一篇关于科举制度的论文，这是在我做的蒲松龄研究的基础上写的。在我看来，科举制度中一级一级的考试，相当于通往成人世界的一个又一个里程碑。哪怕有时候，一些参加科举考试的考生年龄已经很大了，他们还是会被叫作"童生"。较低级别的考试中有"童子科"。所有这些词都用来描述教育系统中的较低级别，而不是较高级别。我的文章试图对此进行研究。我的基本想法是，尽管有时我们并非在指称孩子的意义上使用与儿童或童年有关的词，但即使这样，其中仍然有些微妙的内涵，牵涉到我们关于童年的观念。这其中的关系，跟我说的理想童年与现实童年的关系，"孩子气"与"幼稚"的关系，是同一个层面上的。

童年观的辨析

赵霞：你谈到了通过"孩子气"一词，希望强调童年和儿童的某种积极的方面。但与此同时，读到这个词，我们一定也会同时想到另一个词"幼稚"。儿童的历史也是"儿童"一词的意义史。这是一个久远的、发展的历史，甚至构成了围绕着"儿童"一词而产生的语词系统。它们是一体的，提到其中任何一个，就会牵动其他词汇。

蔚芳淑：我不确定在中国这一情形的程度如何，在西方肯定如此。同时，近年来，由于儿童受到性虐待等引人注目的案件时有发生，童年的观念一再引起人们的焦虑。我认为，一种希望保持儿童的理想状态的愿望，也以各种方式体现在今天的媒体和普遍的社会话语中。看看那些有关儿童谋杀的新闻报道，如果在某个谋杀案件里罪犯是儿童，这种情形更糟。有个很著名的案子——杰米·布尔格案，大概发生在二十多年前。这是一个可怕的故事。在利物浦，有两个十岁的男孩儿，他们把一个小孩儿从其父母身边带离购物中心，并将他杀死。这桩案件在英国引起强烈反响。这两个男孩儿随后在媒体上被妖魔化了。他们还是孩子，却这么可恶，这似乎比他们成年后变成罪犯更糟糕。人们也不愿相信，孩子会变得如此邪恶。大家争论的是，孩子是从什么年龄段开始知道对与错的。

赵霞：我听说过这个案子。这样的事件在世界各地都有发生，它们不断地提醒我们：儿童不是一个铁板一块的概念。

蔚芳淑：没错。问题是我们总在急切地想要保护孩子身上的某种纯洁性。意识到一个孩子可能会成为一个邪恶的人，这会使我们感到非常不安。因为作为成年人，我们的安全感以及自我认知的一部分，就建立在这种纯洁性的观念之上。我们生而纯洁，这样我们才有希望。望着一个新生儿，我们会感到他是纯洁的。假设明天伦敦发生一场大火，新闻里说大火导致二十人死亡，报道会强调包括两个孩子。我们无法接受在这场事故中有儿童死去。如果这两个孩子只有三岁，那更是悲剧。孩子越小，悲剧性越突出。同样的情形是，如果其中有位孕妇，那比一般女性罹难更让人感到悲惨。我记得当我还处于青少年时期，有一天意识到这一点，心想，我在这个世界上的价值正在不断下降。要是发生了某场事故，我跟另一个比我年龄更小的孩子一起不幸罹难，人人都会为那个更小的孩子感到更加悲伤。我觉得在古代中国，情形好像恰好相反，比如那时的法律不允许对孩子的死进行哀悼。

赵霞：我认为这在古代欧洲也是一样的。

蔚芳淑：是。在现代以前，也就是"儿童的发现"以前，那时的观念是，一个人长大之后才会变得对社会有价值，人们也才会为这个人的离世感到悲伤。另一方面，由于医学的进步，不论在欧洲还是中国，儿童的生存率都提高了许多。

赵霞：对大人来说也是一样，每个人的生命都变得更珍贵了。

蔚芳淑：对。所有这一切都影响了我们对儿童的看法。

赵霞：将孩子视作一件珍爱之物，是我们文明的一个重要进步。最初，孩子遭到忽视，因为每个人的生活都很艰难，人们没有时间和精力去关心这么小的一个生命。但现在，随着社会的发展——原谅我使用"发展"一词，至少在某种程度上是——我们愿意付出更多的关切和精力，去照顾、保护孩子的生活。尽管他们现在还不是社会的生产者，也不能做出大的贡献，我们还是愿意为了他们的生存牺牲自己的福利，这是一种进步。但与此同时，伴随着每一种发展，总会有相应的副作用。我们强调儿童是纯洁的，因而值得珍爱，但将这个观念推崇到一定程度之后，我们发现，它好像开始对另一些观念造成损害。比如，关于人的理解。人性是什么？我们怎么理解人性？据我所知，至少在西方儿童文学批评界，一种以童年为对象的反浪漫主义观念已经十分流行。当然我不认为它在大众文化中也已经普及。人们认为儿童天生纯洁，并且想要在儿童身上维持这种纯洁性，因此不能接受发生在儿童身上的某些事情。但在学术语境里，对于这个纯洁的儿童以及与之相关的人性观的反思，很引人注目。

蔚芳淑：说到西方，比如基督教、基督教文化，尤其是今天的基督教节日，跟婴儿崇拜有非常重要的联系。对大众教徒来说，圣诞是最重要的节日，它就是围绕着以婴儿为中心的敬拜展开的。

赵霞：我知道的是，根据基督教的观点，婴儿出生时就有原罪。

蔚芳淑：也有对婴儿的崇拜，对婴儿耶稣基督的敬拜。

赵霞：所以这个婴儿是婴儿耶稣的象征？

蔚芳淑：你说得对。在某种程度上，宗教哲学也存在这样的两难。根据基督教教义，婴儿生来有罪，对最虔诚的基督徒来说，十字架上的死亡和复活才是最重要的。但在世俗社会，圣诞只被认为是一个具有正面意义的节日，而且是最流行的基督教节日。在这里，儿童被视作纯洁的象征，而非原罪的携带者。你刚才提到儿童观念的演进与社会文明发展之间的联系，让我又想到了老人。古代中西方文化对老人的看法，尤其是在古代中国，表现出对老者与祖先的尊崇，比如中国古代的"孝"文化。相比于儿童，老人更受重视。老人能够为社会做的经济贡献也不多，但儿童至少还有贡献的潜能。我们重视老人，是对他们为社会和家庭做出的贡献表达感谢；重视孩子，则是对其做贡献的未来和可能表示期望。站在一个英国人的视角，我们看待儿童，主要看他们对社会究竟是给予还是索取。不知道你对我们的福利体系了解多少？

赵霞：实在不多。

蔚芳淑：在英国，政府会给每个孩子一定数额的钱，称为儿童补贴，大概是每周十五镑或二十镑。我不知道这个制度存在多久了。过去这笔钱只支付给母亲，这是为了确保当父亲不能或不肯提供资助时，母亲能靠自己的力量将孩子抚养长大。过去，通常每个孩子都能得到这笔钱。大概四五年前，政府修订了政策，只有前两个孩子才能得到补贴，后面的孩子就没有了。之所以会有这个决定，源于一场范围很广的讨论。相应的观点是这样的：像《每日邮报》（*Daily Mail*）之类的小报会说，瞧这一家，生了十三个孩子了还要生，肯定是为了多拿钱。他们认为这种家庭很可憎。同样，如果你住的是政府的福利房，孩子一多，就有权申请更大的房子。右翼人士愤愤地认为，这些人生孩子就是为了拿钱。在这些人士看来，孩子意味着国家财政的支出，而非对国家经济的贡献。左翼人士则说，政府应该为孩子出钱，因为等这些孩子长大了，他们就会工作，作为生产者为社会做贡献。这就是英国政坛左右翼围绕着儿童的问题展开的争论。在我看来，问题的根本是视儿童为国家经济的负担还是助益。显然这还得看孩子长大后是出去工作还是继续依赖社会。在这项讨论中，政治问题变得很突出。过去这项补贴是全国性的，不论收入如何，人人都能享受，但现在有人提出，如果你属于年收入六万英镑以上的高收入阶层，你就得把钱还回来。政客们认为，儿童补贴水涨船高，太耗费国家财力，必须加以变革。所以，一方面是大家都能得到儿童补贴，另一方面是财政承受不起这样的补贴。

赵霞：一切无不与童年有关。

文学世界里的儿童

赵霞：让我们再回到文学的话题。儿童性也是你的研究课题之一。不论在中国还是英国，都有许多作家在作品中写到儿童角色或类儿童的角色，不仅是儿童文学作家，现在我的脑海里就跳出了查尔斯·狄更斯（Charles Dickens）的名字。像美国小说家马克·吐温（Mark Twain），英国诗人威廉·华兹华斯（William Wordsworth），他们也多次谈到、写到儿童。中国作家中，余华、张炜、莫言、苏童等也都在作品里写到儿童。如果把这些作家笔下的儿童形象放在一起，我们会发现，这些儿童形象非常多元，非常复杂。既有纯真、神圣的，也有邪恶的，还有处于两者之间、很难简单地说是好还是坏的。比如查尔斯·狄更斯的作品中，有些孩子永远都是纯洁的，不论你把多少罪恶之水倾倒在他们身上，他们仍然坚守善良与正义，就像大卫·科波菲尔、奥立弗·退斯特。但也有邪恶的儿童，在我看来，这一部分在查尔斯·狄更斯的笔下较多刻板印象——他们是坏孩子，被坏人和坏的环境影响坏的。

我想我们对于文学作品中的儿童形象的第一印象，往往是天真的，善良的，他们代表了人性中善与美的一面。但读的作品越多，越会发现，这个形象其实很复杂。儿童性本身应该是一个中性词。

蔚芳淑：我认为就基本的人性观念而言，中国文化和英国文化都是一样。一方面，像孟子说的，"大人者，不失其赤子之心者也"。如果有人看到一个孩子掉进井里，一定会想方设法去救这个孩子，这就意味着善良的天性。但同时，荀子则说人性本恶，他使用另外的隐喻来谈论人性的自私，进而提出想要成为一个好人，需要对人的本能加以引导。我认为这两者各有道理。中文有"成人"之说，儿童是"未成"之人，换句话说，他还不能算一个真正的人，需要经受教育，才能长大成人。这个二分法，中西方都一样。在查尔斯·狄更斯的小说中，儿童通常是社会中的弱小者和易受害者，事实上，查尔斯·狄更斯的小说主要表现维多利亚时代伦敦的贫民被欺凌、被压迫的生活，他们同样是社会中的弱小者和易受害者。我认为书写儿童为表现这样的主题提供了十分有效的途径。还有就是那些坏孩子……

赵霞：比如《雾都孤儿》（*Oliver Twist*）里的南茜。

蔚芳淑：即使这些坏孩子最后没有变好，小说表达的意思也是，他们是由于糟糕的社会环境才变成这样的。他们偷窃，是因为有人教他们偷窃。也就是说，他们并非天生就坏，而是社会的受害者。

赵霞：所以他们内在还是天真的孩子。

蔚芳淑：我认为是这样的。《大卫·科波菲尔》（*David Copperfield*）是我很久以前读的，而《雾都孤儿》刚好我前些天陪着孩子重读了一遍，所以故事记得更清楚。

赵霞：奥立弗·退斯特也是这样。

蔚芳淑：是的。作为一个孩子，奥立弗·退斯特在某种程度上也是我们前面谈到的"淘气"话题的一部分。他不遵守孤儿院的规则，开口讨要更多的粥，导致自己陷入麻烦。但读者肯定不会认为他提出了非分的要求。他挨着饿，只是想多喝点儿粥。但也是他的天真和善良，还有常常与此联系

《雾都孤儿》
查尔斯·狄更斯／著
企鹅出版集团

在一起的无知，使他在遇到那些小偷儿时，并不知道自己将要做的是什么。

赵霞：有一点值得思考：我们似乎可以通过挥动童年这个符号，使得关于社会的批判更猛烈，更突出，更令人印象深刻。越强调儿童的天真，落在儿童身上的恶就越让人难以容忍，就像你之前提到的那些现实案例。反之，如果想要表现我们社会和天性中的善，通过书写儿童或儿童式的纯真，也会更加令人印象深刻。儿童在文学作品中被提及、塑造、建构的历史，也就是我所说的童年美学的历史。从古代到现代，这种美学的表现形态多种多样，但其历史的线索始终在那里。不论在"童年的发现"之前还是之后，文学从未放弃这种对童年的书写，想到这一点或许令人鼓舞，也引人深思。文学永不会放弃对此的表现。我们总是会将童年纳入我们的审美世界，用以表达特定的观念、情感、哲学。这里面包含着童年对于人类及其文化的意义。我知道这是一个很大的话题，至少对于文学而言。值得深思的是，通过将童年作为一种美学的符号，一个重要的美学因素，我们从中得到了什么？或者说，我们将会得到什么？你正在研究的课题包含中国文学中的儿童形象，以及某种类儿童的品质，比如你论及的中国文学中的"痴"，在我看来就与儿童有关。事实是，我们视关于童年的观念为文明的一部分，也视其为我们审美情感的一部分。

蔚芳淑：在我看米的确如此。当我们谈论美学，谈论审美的纯度和高度时，几乎不可避免地会使用或转向儿童的观念。撇开社会和文化的包袱，当我们抽象地思考，在审美层面最无所不包的观念就是新生的婴儿。个体出生之后，贫穷啊，环境啊，各种问题才接踵而来。但在出生的那一刻，一种与新生的婴儿关联在一起的美学理想，存在于全世界。当你成为一个母亲，你就能跟来自世界各地的母亲一起用母亲们的方式讨论问题。讨论的内容当然千差万别，养育孩子的方式也各不相同，但有一个基本的元素——孩子的出生与养育——把我们构建为一个拥有共同经验的共同体。我认为这就是童年美学的一部分价值。另外，我们刚才说到的作家，大部分是男性，他们对童年的看法可能跟女性也有不同。性别问题也是一个值得讨论的话题。母亲跟孩子的关系最为密切，但她们写作的时间却最少。她们需要耗费很多精力照顾孩子，这就意味着，母亲们没有时间反思创作活动。如果你每隔三分钟就得赶去处理一件孩子的紧急事务，显然没有时间认真思考。在英国，大部分脱口秀喜剧演员都是男性，他们在脱口秀里大谈当爹有多好笑，但女性就鲜少如此。我现在猜想，是不是大部分女性喜剧演员都没有孩子。当然，这是另外一个话题了。

赵霞：这代表了文明和历史的不同线索。有些线索在很长一段时间内被人们忽略。我想在中国和英国的情形是相近的。人们会说，你是个母亲，照顾孩子是你的天职。人们认为，女性为照顾孩子这项事务——也许不该称之为事务——付出的精力和时间，是不该考虑在女性的付出中的。这就是文明的一部分。也许有一天，人们会意识到，养育孩子也是一种创造，就像有人写了一本非常出色的书或者做出一项革新生活的发明那样。但是意识到这一点需要时间。

蔚芳淑：你知道颜歌吗？她是四川作家，现在居住在英格兰诺里奇。我昨天看到她的推特（Twitter），忍不住笑了。她在推特上介绍自己的著作：2010年一部，2011年一部……直到2015年，她写道，从2015年起，我什么也没做，只生了一个孩子。

赵霞：那是另一本书。很厚的书。

探讨和推动儿童的批判性阅读

赵霞：时间过得好快，我们再来谈谈儿童文学的批判性阅读吧。刚才我们说到了儿童的纯洁的积极意义。一种根深蒂固的传统儿童观念认为，儿童是纯洁的，或者在某种程度上是纯洁的，所以，我们不应该让他们接触到阴暗和丑恶的事物。这就是为什么从过去到现在，围绕着儿童的阅读，我们会设置各种审查的界限。审查制度有它自身的问题，因为审查者可能并不像他们自己想象的那样称职。但无论如何，永远还是会有针对童书的审查，它不可能消失。我也认为，有些审查是不可或缺的。然而，审查制度并不能解决问题，主要有以下两个原因：第一，审查制度本身也是有待反思的；第二，审查制度再严，也不可能阻止各类其他阅读材料进入儿童的视野。想要绝对地控制一个孩子的阅读，几乎是不可能的。

所以就有了另一种选择：让我们教会孩子如何进行批判性阅读。事实上，即使阅读非常出色的文学作品，也需要进行批判性阅读，这样我们才能从中得到最大的收获。在儿童文学作品中，总有些内容被认为是不适当的，尤其是性、暴力等，都是危险因素。还有与之相比不那么令人警觉的刻板印象问题，比如性别的刻板印象、国家和民族的刻板印象，等等。

你觉得我们该怎样鼓励儿童批判性阅读这类文学作品，包括儿童文学？想要进行批判性阅读，首先需要一个起点，如果一个孩子对批判性阅读完全不了解，总是习惯性地接受书本告诉他的一切，那么他可能不知道如何开展批判性阅读。

所以，就让我们谈一谈这个起点。

蔚芳淑：你说得很对。实际上我个人认为，文学中的刻板印象可能比性和暴力的问题更糟糕，因为性和暴力的问题往往很明显，容易辨识，孩子们也知道，这是少儿不宜的。但刻板印象的问题就比较隐蔽。在我看来，这种隐性问题实际上更危险。比如儿童文学中性别角色的刻板印象，还有国家民族的刻板印象，当这些作品被翻译到国外时，这些问题也被携带了过去。关于批判性阅读能力的培养，我们该怎么做呢？我想老师或者父母可以做些有趣的尝试。比如，阅读《亨塞尔和格莱特》（ *Hansel and Gretel* ）、《小红帽》（ *Little Red Riding Hood* ）这样的故事，可以让孩子们试着把故事里的女孩儿想象为男孩儿，然后从后者的角度重写这个故事。

赵霞：这是个好主意。

蔚芳淑：这么做可以促使孩子们思考他们想要怎样改写文本。改写完之后，我们可以跟孩子们讨论，为什么他们要做出这样或那样的改写？为什么他们会觉得一个男孩儿会那样做？我的经验是，孩子们非常乐意探讨这样的话题，而且可以谈得相当深入。因为在他们很小的时候，他们就很清楚女孩儿和男孩儿的区别：女孩儿喜欢粉色，男孩儿喜欢蓝色；

午餐时间男孩儿可以踢足球，他们在操场上玩的时间更多，而一个女孩儿想踢球，男孩儿们不会传球给她，等等。这就是关于男孩儿和女孩儿之间的平等性的讨论。成为一个女孩儿或男孩儿意味着什么？男孩儿能穿裙子吗？他们能喜欢粉色吗？孩子们非常喜欢这样的讨论。

我认为这时候成人的角色很重要。要是刻板印象在故事里扎根很深，构成了故事的一部分，乍看之下不容易察觉，就需要成人介入帮忙指出。成人也要鼓励孩子进行批判性阅读。另外，插图也是这类刻板印象的传递者，尤其是国家和民族的刻板印象，所以也可以和孩子一起讨论插图。为什么某个角色会被画成那个样子？要是你被画成那个样子，你会高兴吗？而且要让孩子不仅关注主角，也要关注故事中的其他角色。我认为这些都非常有用。

赵霞： 角色扮演的确很重要。在中国，这些问题也在引起关注。就在不久前，一些知名的儿童畅销书，包括曹文轩、沈石溪、杨红樱的作品，引发了一些激烈的争论。这些童书拥有广大的儿童读者，现在，有人指责其中某些作品包含暴力、情色等内容。比如沈石溪的动物小说里有动物挑逗调情的场景。在我看来，有争议这件事情本身，比只有一个声音要好得多。但处理此类争议的方法不应该一刀切，认为既然某些书籍受到批评，就该将它们排除在儿童的阅读书单之外。

在我看来，更重要的或许是，它们引发了有关另一个问题的思考：如何教孩子阅读文学作品？从儿童读物中发现成人认为不恰当的内容，继而教导孩子如何应对这种不恰当性，或者了解孩子如何看待这些被成人认为不恰当的内容，这些都很重要。成人认为不恰当的，孩子也许觉得没什么，或者他们知道如何处理这些问题。

我想说的是批判性阅读的目的。我们的目的不是要对文学进行清洁或消毒，或通过文学实现某种彻底的公平，这永远是不可能的。文学中永远会有不公正的现实存在，就像我们的现实生活一样。如果儿童文学作品只表现男孩儿女孩儿的平等，反而成了另一种谎言。所以目标不是政治的平权，而是让孩子们看到，不公正的现实无处不在。一旦认识到了这一点，他就会开始学着去应对它。有时候我们不得不接受现实，但有时候，在接受现实的同时，我们仍然可以对此做出反抗。知识就是力量，了解得越多，也许就能做得更好，或许那才是批判性阅读的最终目标。在同样的阅读环境下，通过赋予孩子这种知情的权利，提升他们批判性阅读的能力，他们的阅读环境会变得更安全。

蔚芳淑：不错。他们也将成为独立的、具有批判精神的读者。我所说的独立的读者，不仅是指他们可以跟随自己的心意独立选择自己喜欢的书籍，更是指在阅读和选择中他们能做出独立、理性的判断。这跟我现在做的一项研究正好相关。我刚发表了一篇文章，是谈曹文轩童书中的副文本（paratexts）在塑造他作为一个儿童文学作家的形象时所起的作用。我之所以研究这个话题，是因为我想知道孩子们为什么会对一位作家产生兴趣。在副文本中，我们可以看到关于这位作家的大量信息。我跟我的孩子一起读罗尔德·达尔，每一本书后面，都有许多关于罗尔德·达尔的介绍。记得瑞秋六岁时，才刚学着写一些句子，我们就给她读这些。我们觉得她会有兴趣了解一个创作童书的中年男作家，但如果是一个乐高玩具的设计师或者迪士尼电影的导演，我们可能就不这么想了。这就跟你刚才说的批判性阅读有关了，因为一旦我们意识到某个故事是由某个人写出来的，我们就已经获得了某种批判性的距离，你不再把它当作教材来读，而是视其为小说和创造的产物。

赵霞：也许可以称之为另一种形态的"识读能力"，就像我们应该知道怎么读广告那样。要是你一味相信广告，家里肯定早被各种商品塞满了。像你所说的，儿童文学书籍的副文本包含了大量信息。在我看来，不论儿童还是成人读者，都需要学习如何辨识这些信息，而不是全盘接受它们，这一点非常重要。

蔚芳淑：我正计划写一本书，合同还没有签订。我想比较中国儿童文学作家在副文本中呈现出的形象、呈现的方式，以及为什么会这样呈现的原因。目前考察的作家包括曹文轩、黑鹤、沈石溪等。我现在想，是否也应该把杨红樱包括进来，但我对她了解得还不是太多。

赵霞：教会孩子阅读书籍中的副文本，也是一个重要的观念。这跟教他们如何阅读文本一样重要。这样，他们就不会被一些信息所欺骗。想谈的话题还有很多，比如中英儿童文学（包括成人文学）具体的翻译问题，让我们留到下一次吧。谢谢，非常高兴与你对谈。

蔚芳淑：我也是。谢谢。

（赵霞整理翻译）

对话
李见茵

· 2020 年 9 月 9 日

李见茵，先后供职于广东省人民广播电台、广州电视台、《新京报》、凤凰卫视等媒体，现为中央电视台节目编导，纪录片《中国原创童书》导演。文字作品入选"北京地理"系列之《王谢门庭》《民间宅院》《传世字号》等书。影视作品先后获得第七届全国优秀少年儿童电视节目"金童奖"银奖、栏目组一等奖，首届全国城市电视台优秀电视节目一等奖，"家春秋"口述历史影像记录计划青年组最佳提案奖等奖项。

"我相信儿童文学有一种不可替代的人文洞察力和审美力量"

——关于儿童文学创作及其价值的对话

2020年9月9日下午，中央电视台节目编导、纪录片《中国原创童书》导演李见茵在英国剑桥采访了赵霞。双方围绕中国儿童文学包括图画书创作及其阅读进行了约一个小时的对谈。

图画书：一种古老而现代的童书艺术

李见茵：赵霞老师，我读过很多你写的儿童文学评论文章，你对儿童文学尤其是图画书的分析特别细致。我有一个问题想请教：很多儿童图书都是有插图的，那么我们怎么去定义图画书呢？

赵霞：我的理解是图画书有广义和狭义的区分，如果我们要细致地谈论图画书艺术的话，那么广义的图画书包括所有带有一定程度插图的儿童图书。但是从图画书作为儿童文学一个不可替代的文体来说，典型的图画书是那些缺失插图或文字任何一种表意方式，都不能够单独表达出来的文体，这是它最无可替代的魅力，也是图画书艺术可以一直不断地挖掘，充满潜力的重要原因。

所以，我们今天当然可以像过去做插图书那样来做图画书，但是如果你是一个在图画书艺术和创作方面具有专业素养，并怀有野心的作者——不管是作家还是插画家，都应该更多地去思考典型的图画书的艺术特点和规律。

李见茵：听起来图画书就是图画和文字的一个组合，但其实它们之间似乎还有一些其他的规律，或者说图画与文字之间有一种运作的模式。好的图画书并不简单。

赵霞：图画书的历史久远，它是最古老、最传统的一种儿童图书样式。历史上最早的插图童书，从今天的视角来看，对图画作为一种童书表达语言的认识还很不充分。最初，大家可能更多地认为，对童书而言，图画只具有点缀性的功能，或者用来解释文字。这可能是很长一段时间里，人们对童书中图像符号表现功能的一个基本的理解。

你刚才说的文字和图画之间彼此不可或缺、具有一种必要的叙事上的互补关系，其实是一种非常现代的图画书观念。

从这个观念出发，现代图画书本身的发展史，就围绕着人们如何探讨在图画语言和文字语言之间，可以生发出多么丰富、多么特别的表达方式而展开。一直以来，在我们的教育序列当中，文字是占有优先地位的，我们自然觉得识字很重要，而事实上，读图也很重要。图画书很重要的一个特点就是，它让你意识到怎么认识图画，怎么解读图画，这跟怎么认识文字，怎么解读文字，是同样重要的。

当图画书艺术走向更加广大的艺术场域时，特别是通过很多现代和当代图画书作家——不管是文字作者还是插图作者——大家一起不断努力探索，我们越来越发现，图画作为一种叙事语言，当它跟文字作为不同的符号序列合在一起，以不同的表达符号、不同的表意体系、不同的叙事方式共同讲述故事的时候，它们之间千差万别、各种各样的组合方式，使图画书艺术表达具有了丰富多样的可能。这种可能及其可能性的探索，在我看来构成了现代图画书艺术发展的一个重大的推动力，同时，至少在目前看来，它的潜能是无限的。我们可以一直不断地去探索，在文字和图画之间，在这两个最古老、跟我们的生活和文化密切相关，可是表义上又有所不同的体系之间，是如何彼此互动，使一个看起来简单的故事，变得丰富悠远，最终构成一个巨大的叙事和表意空间，还有表情空间的。

李见茵：图画书似乎有一种神奇的作用，可以很轻松地引领儿童进入故事，接触书籍，养成也许能伴随他们一生的阅读习惯。

赵霞：图画书很特别。孩子在识字以前就开始读图，图像符号的表达是直观的，跟语言这种抽象符号需要你去解码才能理解有点儿不一样。你给一个孩子看"苹果"这两个字，他可能不懂，但是你给他看苹果的图画，他一下子就能能明白。因此，通过图画书的阅读——其实图像也是一种语言——让孩子在他已经可以自然地接收图像符号的叙事内容和表义内容的阶段，进入书本，进入我们的生活、我们的世界，以及我们对生命方方面面的思考和表达当中，这是非常重要的。而且，对孩子来说，在他接触全部用文字来书写的作品以前，图画书可以帮助他非常自然地进入文学世界。

那些点亮我们的图画书

李见茵：作为儿童文学研究学者，你一定看过很多图画书。在你喜欢的众多图画书当中，有没有哪一本你特别喜欢？你为什么会喜欢它？可以给我们举例来讲一讲吗？

《母鸡萝丝去散步》
佩特·哈群斯／文图
明天出版社

《爷爷变成了幽灵》
金·弗珀兹·艾克松／文
爱娃·艾瑞克松／图
长江少年儿童出版社

赵霞：的确很多。随着阅读范围的扩大，读到的好作品越来越多，很多时候要挑选出一个最喜欢的会很难。而且不同的阶段，喜好不同，因为人一直在成长。

我记得我刚看到《母鸡萝丝去散步》（*Rosies Walk*）的时候（这本图画书可能是我们谈论图画书图文关系时经常会提到的一本，甚至是必然会提到的。我在本科生、研究生的课堂上，也谈到并分析过这本书），觉得它的图文关系组合得非常巧妙，非常典型地体现了图画书的文字和图画怎么通过不同的表意方式，来达到一种单用文字或者单用图画不可能达到的表达效果。更进一步，这样的阅读，可能会让你对图画书图像叙事艺术的了解越来越丰富。

那些最棒的图画书，文字与图画的组合方式是各不相同的。有的图画很特别，尽管它可能只是用图画的方式解释文字的内容，但是因为图画和文字本来就是两种表意方式，所以当它用最棒的艺术表达方式，比如光影啊，色彩啊，构图啊来表达故事当中的情感的时候，你就觉得我非拥有它不可。这种图画，哪怕它是解释文字的，但它的这种氛围和表达方式是单一的文字不能够替代的。也有一些这样的图画书，故事本身无与伦比，像我很喜欢的《爷爷变成了幽灵》（*Så blev farfar et spøgelse*），我第一次读到它的时候，感觉它不是一本典型的图画书，但是当我翻到最后一页的时候，我的眼泪下来了。这就是故事点亮了它的插图。但反过来你再看它的插图的时候，你会觉得，这个插图也很好地诠释着它的故事。《我的爸爸叫焦尼》（*A Day with Dad*）也属于这一类作品。

你刚才问我有没有特别喜欢的图画书，我脑子里最先跳出来的是一本无字图画书，叫《黄气球》（*The Yellow Balloon*）。这部作品的作者是荷兰的一位插画家，由明天出版社引进出版。这是我到现在为止觉得最难读的一本无字书。没有一个字，可是里面的内容包罗万象，插画家把很多故事藏在了图画里面，既有一条故事的主线，又有许多故事的次线，同时它又把我们人类的历史、地理、生活等内容反映在画面的细节当中，容量很大。我曾经试着跟孩子们一起读这本书，他们也很感兴趣。很小的孩子，因为是无字的嘛，可以读。但我认为成人也可以读，我们可以带着自己的阅读积累和人生积淀去读。这一类也是我特别喜欢的。

《黄气球》
夏洛特·德迈顿斯／图
明天出版社

李见茵：在你看来，要创作一本好的图画书，插图作者和文字作者应该怎么合作？

赵霞：我觉得，就一本图画书来说，图画和文字之间应该有一种自觉的意识，就是它们是在合作，共同完成一次艺术的舞蹈，每一个动作都需要配合。创作图画书是双人舞，因此哪怕文字或插图独舞得再好，如果配合得不好，那么这一支舞蹈最后也是不完美的。有的时候，当一位舞者，比如

说文字在前的时候，可能插图要用它独有的方式来配合完成文字的这一个动作，事实上这一个动作是它们共同完成的。我读到的最棒的图画书，文字和插画之间无时无刻都是一个彼此不可或缺的状态，当文字在那里的时候，你再看插图，你对插图会有不一样的理解；当插图在那里的时候，你再看文字，你对文字也会有不一样的理解。当你把它们分割开来看的时候，你永远会觉得这个故事是不完整的。

民族性、世界性与儿童性

李见茵：一些中国的或华裔的插画家在国际上越来越有影响力，他们的作品陆续获得了一些重要的国际插画奖项。其中，郁蓉比较特别，她在中国长大，后来一直生活在西方，但她的创作风格又极具东方特点。你怎么解读她的艺术创作特点呢？

赵霞：郁蓉的创作风格，到现在为止，东方风格非常鲜明。像她的代表作《云朵一样的八哥》《烟》《夏天》《我是花木兰》等，常常是用具有中国传统文化特色的艺术形式来表现。

首先，技艺层面，从郁蓉的插图中我们可以看到非常典型的中国传统文化元素，但同时她又把这种传统的文化元素跟她的求学背景当中非常重要的一部分——西方的文化艺术传统融汇在一起。我们看《云朵一样的八哥》，首先映入眼帘的是精湛的、独具风格的剪纸艺术，但同时我们还能看到西方绘画艺术的影子，她把它们融汇在了一起。

其次，故事层面，在她非常鲜明的绘画风格之下，是不断展开的孩子的游戏。这些游戏通常有一条主线，但是主线之外还有很多条辅线——就是好玩的细节。而且我在跟郁蓉交流的时候，发现她其实是把这种玩的意识、玩的意趣作为一种追寻，自觉地融入了她的图画书创作中。她本身就是一个很爱"玩"的人，像孩子一样对生活充满好奇，各种各样的东西都能拿来玩一玩。也许艺术到了一个高级的化境，也可以说是一种高级意义上的"玩"。

再次，我想说一下我对她接下来的创作的一个期望。我觉得在郁蓉的创作当中，你可以看到风格非常鲜明的插画艺术，看到童趣，看到充满细节的很好玩的童年故事。在所有这些的背后，是她作为一个插画家，一个忙碌于日常生活的主妇、母亲，面对充满各种各样的烦扰的日常生活时的所有领悟。她面对生活的姿态，她对日常生活当中发生的一切所怀有的感情，都在她的作品当中传递了出来。所以我曾跟郁蓉谈起，她的个人风格非常鲜明，如果有一天这种个人风格变成了一个烙印或者一个标签，对于艺术家来说就会面临一个需要突破的问题。当时我们谈到这个问题，她跟我讲了她最新创作的一部作品《迷路的小孩》，同样是采用剪纸艺术，她讲她想用这个剪纸艺术呈现出什么样的童年感觉和童年想象力，我一边听一边就在想，她已经走在突破自己的路上了。

她把自己对生活的所有感觉、感悟，把自己生命当中那种具有灵性的内容，都融入了创作中。其实我很希望我们的原创图画书具有更多的层次，既能够给孩子带来艺术的享受，又能给孩子带来阅读故事的乐趣，同时传递给他们关于人生和生命的独特的感悟。用最轻巧的方式传递最深厚的内涵，这也是我的期待。

李见茵：很多经典的图画书也都是这样的。

赵霞：对，所以为什么现在的图画书，不管是创作还是研究都大热，我觉得热的背后是有原因的。图画书可以一读再读。即使它不是一种新的符码体系，但是它的组合和创意是新的，而且在这个组合当中，它所能够传递出来的内容，一点儿也不亚于最优秀的文学作品。这就是大家经常说的，最棒的儿童文学作品也是最棒的文学作品。

李见茵：你是在什么时候开始关注到图画书的？图画书在中国真正活跃的时间并不长，但发展很快，似乎是另一种

《迷路的小孩》内文图

"中国速度"的证明。

赵霞：我在进入儿童文学专业求学的过程当中，见证了中国图画书的发展。一开始，我们去图书馆借书，看到的图画书不多。每次去听讲座，当学者、专家介绍到一些最新的图画书作品时我就感到特别兴奋。现在这些图画书作品读者早已耳熟能详。慢慢地，引进的图画书越来越多，原创图画书也越来越多，原创图画书艺术呈现、讲故事的能力不断发展，对儿童的理解不断深入……总的来说，原创图画书一路走到现在，已经打开了一扇大门。但前面的路还很长，如果将中国的原创图画书放到整个世界的图画书创作中，从对图画书艺术的理解，图文结合的方式，以及它最终呈现的世界、对生命的理解来看，我们还在探索的路上，远远没有到头。但是每一部优秀作品的出现——优秀的作品永远都是从很多的作品当中慢慢地走出来的——就会把我们带入到原创图画书新的艺术风景地带中去。

李见茵：国内的图画书和国外的图画书之间存在一定的差距，在你看来这种差距是技法上的还是意识上的，或者其他方面的？中国原创图画书怎么才能做得更好？

赵霞：谈这个问题之前，我想先说一个我们经常会用到的对话语式，就是中国图画书和世界图画书，中国文学和世界文学，中国制造和世界制造。其实这些对举中的两方并不对等。因为中国是一个国度，而世界的范围要广得多，其文学、图画书等各方面的生态是多种多样的。当我们谈论这个问题的时候，我们其实是在讨论中国的图画书怎样去跟世界顶级的图画书艺术去衔接。

我个人觉得这些年来中国原创图画书的发展，技法上的进步很大。因为不管是刚刚进入这个领域的学习者，还是大量的已经在从事这个行业的插画家，大家的学习和吸收都非常迅速，你能看到国内插画的风格、水平和表达力在不断地丰富和拓展。但是另外一个很重要的，需要慎重考虑的点就是：儿童图画书作为一种给孩子的读物，它的童年的感觉，还有童年故事的那种最优秀的质地，怎么样在图画书这种独特的图文共同叙事的表达方式当中得到传递。这涉及很多方面的问题，其中一个非常重要的方面就是我们怎么理解孩子，怎么理解童年。

怎么理解孩子？其实这是一个叙说不尽的话题，它在整个二十世纪被讨论得越来越深入。越是深入，我们越发现其实理解孩子不是一件容易的事情。理解孩子就像理解一个成年人一样，非常困难，非常复杂，但乐趣也在其中。对童年来说，生命的最典型的感觉是什么？最珍贵的感觉是什么？有什么童年时代的感受是成年以后不可复制的？孩子身上到底哪一些特点，哪一些本质，哪一些生命的感觉是值得我们去珍爱和呵护的？这些都需要我们去学习。伴随着这样的学习，图画书创作者们可以在图画书当中去给予、去表达、去发掘童年和孩子身上独一无二的美感，就是那种"我从童年过来，真是太好了"的感觉。这种感觉本身包含着丰厚的生命感受，生活滋味。

所以我想，我们的原创图画书在技艺、技法不断推进的同时，也要更多地去思索童年对我们来说到底意味着什么，并把这种思索跟图画书的创作和表达更好地融汇在一起。这一点也尤为重要。

顺便说一下，我现在正在做的这个课题，跟西方的儿童文学有关系。在最近一段时间，我发现大家在探讨孩子这个话题的时候，思考其实一直在不断地推进。比如刚开始我们觉得想要了解孩子，你只要蹲下来跟孩子说话，你就会看见他的世界，但是后来发现其实不是的，蹲下来还不够，你还应该把孩子当作成人一样看待，就是你要知道他的喜怒哀乐跟我们的喜怒哀乐是一样重要的，他也有他的尊严。但是不久又有一种观点说，不对，你如果把他当作成人呢，你又没有认识到孩子独特的一面。最新的脑神经科学研究又说，脑神经构成有可能决定了儿童体验和看待世界的方式与成人是不一样的。如果这种不一样真实存在的话，对于儿童文学和图画书的创作来说又意味着什么？如果你永远没有办法完全地洞悉儿童的世界，你永远只能回想过去，但因为你的脑结构已经发生变化了，这种回想已经回不到最初的状态了，那怎么理解包括图画书在内的儿童文学的创作意义？我觉得这也是一个值得思考的问题。

李见茵：这种研究在国内还是比较少的。

赵霞：对，但国内也在慢慢地推进。像儿童学的研究，这些年在国内复兴起来。在我看来关于儿童的很多研究，咱们可以看一看未来是不是可以被证明：所有的科学研究永远无法替代文学和艺术的洞察、再现和表现。因为你可以对一个事物，比如说拿一块岩石做科学研究，但是你永远无法对人的心灵做完全科学、量化的研究。比如孩子，你采集有限的样本，在有限的观察时间里面观察其有限的表现，你所得出的结论也是有限的，并不能反映孩子的真实情况。但我相信文学和艺术，包括图画书有一种不可替代的人文洞察力，一种独特的审美力量。这也是为什么在今天这个技术发达的时代，它们仍然那么有生命力的原因。

儿童文学可能是我们可以接近儿童的一种重要的方式，如果你能够达到这样的洞察力，也许儿童文学不但可以给孩子带来文学阅读的愉悦，带来成长的陪伴，同时也可以带给我们成年人一种关于儿童究竟是什么，童年究竟是什么的深刻理解和体察。

儿童、童年与儿童文学的意义

李见茵：当下很多原创儿童文学故事，写的都是过去的故事，它们能让儿童在其中找到熟悉的东西吗？一旦文学时空与当下儿童的生活产生距离，就很可能因为隔阂而被儿童弃读。什么能决定这样的故事的成功？

赵霞：儿童文学作家在呈现过去的生活的时候，需要思考一个问题，那就是你是不是在用今天的童年视角呈现过去的童年故事。如果你还是在用过去的童年视角呈现过去的童年故事，那可能就会有问题，对于今天的孩子来说他阅读这些故事会有隔阂，因为他不认可你的站位、你的立场。但如果你是以今天的童年视角来写过去孩子的生活，去发现过去孩子身上有哪些生命内容——就像作为人一样，有些东西是永恒的——你能把那样的滋味、那样的情感、那样的内容写出来的话，我觉得今天的孩子是可以读的。而且对孩子的阅读来说，一方面我们要给他们读他们天生就喜欢的内容，比如说发生在他们身边的人和事；另外一方面也要让他们知道，我们的生活是有历史的，我们每一个人是有来处、有去向的。

把这些用文学故事的方式，用充满美感的语言传递给他们，其实对孩子的生命和感受来说都是一种重要的打开。

李见茵：中国每年出版四万多种童书，孩子和家长有很大的选择空间。有些父母比较侧重挑选对学习有辅助作用的书，有的则会根据孩子的意愿和需求来选书，还有的父母对孩子读什么样的书完全不管，只要读就行，各种各样的情况都有。在你看来，提倡儿童阅读的首要或者说最重要的目的是什么？

赵霞：首先我觉得一个孩子，他的兴趣、他的感觉、他的阅读光谱都是个性化的。最理想的状态就是，你能够给孩子量身定制适合他的阅读规划。这种阅读规划要有一定的系统性，并且符合这个孩子的兴趣、爱好和他接下去的发展方向，同时又是自由的、开放的，孩子可以自在地选择他自己想要的内容。这是最理想的状态。但是事实上，我们很难达到这样的状态。所以，对于不同阅读状态的孩子和关切这些孩子的成人们来说，大家可能会希望有一些相对可靠的或可行的参考或参照。我觉得儿童文学作为一个文类，它慢慢地开始有它的边界，这个过程其实就是我们强烈地意识到儿童文学需要一定的标准，并且努力去落实它的过程。

但今天，在儿童文学领域，人们一边树立边界，一边也在不断地消解这种边界，或者说重新界定它的边界。我们如何理解儿童文学？儿童文学一定要区别于文学吗？当你用儿童文学这个框范把写给儿童的内容都包括进来的时候，是不是有一些我们应该呈现给孩子的内容被排除在外了。最近一段时间，大家在讨论儿童文学可以写什么，其实这就是关于儿童文学边界的一个非常重要的探讨。对于那些看起来越界的作品，我们要去探讨它是写得不好，还是对传统儿童文学边界的一种冒犯。这种冒犯里面，可能有积极的意义，它可能在提醒我们，在我们呈现给孩子的生活书写当中，有一些内容是没有被关注到的，但是它值得我们去关注，也需要我们去关注。

在这个过程当中，儿童文学和一般的文学之间，始终保持流动的关系。我觉得这在我们理解儿童文学的观念，思考给孩子阅读什么书的时候，帮助我们始终保持自省。阅读不是为了限制孩子。所有的限制，所有的选择，所有的推荐的最终目的是为了打开这个孩子的精神世界。如果他自己提出了想要打开的需求，如果说世界、生活和童年的现状向儿童文学提出了"你要打开自己"的要求，那么我认为，儿童文学应该及时地呼应这样的要求和吁请。

李见茵：你刚才讲到儿童是什么，儿童的世界是什么样的，思考这些问题最大的价值和意义在哪里？

赵霞：我觉得思考这些问题的最终价值，其实与思考"我是谁？""人是什么？""生命是什么？""生活到底是什么样子？"这些问题的价值是合一的。因为孩子是我们社会生活的一部分，童年是我们个体生活不可或缺的一部分，理解这个部分对于理解人来说太重要了。通过这个部分理解你自己，塑造你自己，甚至使自己变得更好，我觉得这是一个很美好的想象。通过理解童年，用儿童文学的方式走进童年，重塑童年，往更好的方向去，我们有可能变得更好。

李见茵：童书可以帮助儿童探索和塑造自己，对于一个国家和民族来说，童书具有怎样的作用？

赵霞：个体的塑造和成长永远都跟一个国家和民族的成长关联在一起。因为无数个个体构成了群体。以前的孩子不像今天的孩子有这么多书可选择，今天的孩子物质生活也要丰裕得多。我想，影响、塑造一个孩子的力量多种多样，书籍只是其中之一。通过阅读，可以打开一个孩子的视野，帮助他看见更广阔、更多元的世界，他还可以从中汲取力量，以应对生活中的一些难题。一个人哪怕他的人生中能有一个阶段，当然最棒的是他整个人生，能与好书相伴，内心深处充满对书籍以及对书籍中所呈现出的生活、生命和艺术之美的热爱之情，我觉得他对生活的感觉可能会变得很不一样。

一个国家的个体，我们想象，在最理想的状态下，如果他的童年和成年生活经验都浸透在好的书籍给予的一种阔大的、辽远的、丰富的、满足的、幸福的感觉里的话，那我觉得这个时代和这个国家、民族的面貌，一定会变得很不一样。

对话

乔·萨特里夫·桑德斯

· 2020 年 10 月 1 日

乔·萨特里夫·桑德斯（Joe Sutliff Sanders），原美国堪萨斯州立大学教授，现任职于剑桥大学儿童文学研究中心，并担任《教育中的儿童文学》（*Children's Literature in Education*）杂志编委。著有《规训女孩——理解经典孤女故事的源头》（*Disciplining Girls: Understanding the Origins of the Classic Orphan Girl Story*）、《问题的文学——非虚构文学与批判的儿童》（*A Literature of Questions: Nonfiction for the Critical Child*）等学术著作。

儿童视角、权力差异与性别角色的反思
——关于中国原创图画书《团圆》的对话

2020 年 10 月 1 日，恰逢中秋佳节。赵霞与剑桥大学学者乔·萨特里夫·桑德斯就第一届丰子恺儿童图画书奖首奖作品、中国原创图画书《团圆》进行了一次比较深入的线上学术对谈。

赵霞：你好，乔！谢谢你从伦敦为我们带回海岚的中秋节礼物月饼。

桑德斯：你们吃过月饼了吗？

赵霞：吃了。我也给海岚写信了，谢谢她的月饼。今天正好是中国的中秋节，农历八月十五。中秋节在中国是团圆的节日，因为月亮是满月，象征着团圆以及美满。我也收到了你传来的关于中国原创图画书《团圆》的新稿，效率真高！

桑德斯：谢谢。我很享受写作的过程，就是时间不够，所以写得很慢。

儿童视角与"隐藏的成人"

赵霞：记得上一次我们聊天儿时，你谈到了《团圆》中的父亲形象、叙述视角等，我非常喜欢你对这本图画书的细读分析。《团圆》是一本很特别的图画书，它描绘的生活看起来或许不那么稚气，很多儿童图画书会对游戏、想象力等元素情有独钟，而这本书是关于现实生活的，甚至是有些沉重的现实。它获得了首届丰子恺儿童图画书奖的首奖，获奖之后，这本图画书得到了更多的关注。我发现，读的遍数越多，越能感觉到它的丰富。它不是张扬童年的想象力，而是试图把孩子们带到生活和现实的某种沉重里，但我们仍然能感到这是一部优秀的作品。

《团圆》
余丽琼／文
朱成梁／图
明天出版社

桑德斯：确实。很高兴听到丰子恺儿童图画书奖促使更多的读者去关注它，这就是我们对奖项的期望，也是奖项的价值所在。一方面，它褒奖那些受到大量读者欢迎的好书；

另一方面，它也指引着读者去认识那些最优秀、最应该引起我们关注的作品。

赵霞：你跟我说过，赛奇（乔的大儿子）很喜欢这本书。他多大了？

桑德斯：十六岁，上高中了。他一读《团圆》就喜欢上了。

赵霞：太好了。你提到了这本图画书中叙述声音的某种分化。有时候，故事带着孩子的声音，采用孩子的视角。但作为读者，我们在接收信息时可能会采用另一个视角。这是一种隐藏的视角。

桑德斯：我认为这本书的叙述声音和视角无疑是儿童的。它是第一人称视角，主角自称"我""我的"，所以，毫无疑问是孩子的声音和视角。但我认为，它同时还期待我们在视角之间稍作游移。从叙述技巧上，它呈现的是儿童视角，但如果我们愿意转向另一个视角，也会有新的收获。比如，毛毛把好运硬币送给即将出门的爸爸这一页，"爸爸没说话，他用力地点点头，搂着我不松手……"我认为在这里，站在毛毛的视角，她并不理解爸爸此刻的全部情感。但如果我们能

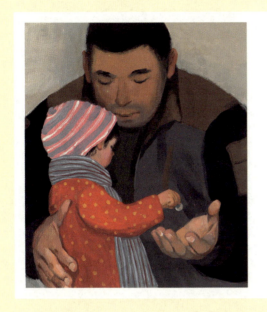

我把那枚攥了很久的暖暖的硬币放到爸爸的手心里：
"这个给你，下次回来，我们还把它包在汤圆里噢。"
爸爸没说话，他用力地点点头，搂着我不松手……

《团圆》内文图

够从爸爸的视角来看，就能感受到他此刻的强烈情感，而这
种情感体验，实际上是爸爸而不是毛毛的视角带来的。今天
我又发现了一个我之前没有注意到的细节，在毛毛从汤圆里
吃到"好运硬币"这一页，文字这样写道："突然，我的牙被
一个硬东西硌了一下。'好运硬币！好运硬币！'我叫了起
来。'毛毛真棒！快收到兜里，好运就不会跑掉喽！'爸爸比
我还开心呢。"我认为这是一个非常有意思的句子，因为在

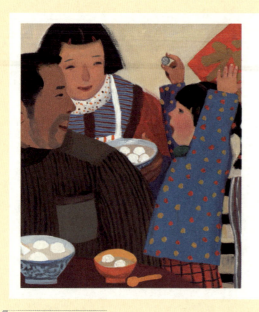

第二天一大早，妈妈就端上了热腾腾的汤圆，爸爸用勺子喂给我吃。

突然，我的牙被一个硬东西硌了一下。

"好运硬币！好运硬币！"我叫了起来。

"毛毛真棒！快收到兜里，好运就不会跑掉喽！"爸爸比我还开心呢！

妈妈给我换上了新棉袄，要去拜年啦！

《团圆》内文图

这里，我们感受到了毛毛对爸爸的情感的理解，或者至少是去感受他的感受。我们是顺着毛毛的视角在看，在感受。我们不必跟爸爸有同样的感受，但必须知道他的感受：爸爸比"我"更开心。这就是我想说的，实际上也验证了我的一个观点——毛毛后来可能确实把硬币弄丢了，而爸爸在她的外套里放了另外一枚替代的硬币。今天我找到了支撑我这个观点的两个证据，其中之一就是这句话"爸爸比我还开心呢"。这意味着，爸爸非常希望毛毛能拥有这枚硬币，这也许就解释了他后来为什么要设法帮毛毛留住这枚硬币。这真的很有意思。因为在这里，我们通过毛毛的视角知道了爸爸的情感，这也为爸爸后来的行为提供了情感上的动机。

我注意到的另一处证据是，毛毛发现自己丢了硬币，哭起来，爸爸手里拿着硬币，说："毛毛别哭，我再给你一个。看，跟那个一样！"注意毛毛的棉袄，这件棉袄就是后来妈妈送她上床睡觉的时候手里抱着的那一件，硬币是从这里掉出来的。很可能，是爸爸把硬币放在了棉袄的口袋里。我是这样认为的，不过我也说了，这只是我个人的看法。但从文本的细处来看，爸爸显然有这么做的动机，就像侦探探案一样，

"毛毛别哭，我再给你一个。看，跟那个一样！"爸爸摸出一枚硬币。

"不要不要，我就要那个！"我一边哭一边叫。

晚上，我难过地爬上床，脱棉袄的时候——"叮当"，有个东西掉到了地上。

硬币！我的好运硬币！

"爸爸快来看，好运没丢，它一直在我身上！"

《团圆》内文图

他有放硬币的情感动机，也有放硬币的现实机会。这两个重要的证据，证明了这是一种重要的可能。我觉得这样读这个故事，非常迷人。

赵霞：我也认同。这里出现了一种模棱两可，很难完全说清的状况。或者说，因为这种模棱两可，故事变得更加迷人。你可以说，毛毛弄丢了她的硬币，然后幸运的事情发生了，硬币没有丢，又给找着了。也可以说，硬币确实丢了，但紧接着发生了另一些事情，就是父亲的举动，带来了硬币的"回归"。当我们把这两种解读组合在一起的时候，这个故事的情感就变得更丰富了。生活有时就是这样，很难说清其间到底发生了什么。但是，在实际发生的情况与可能发生的情况之间有一个事实，我们就沿着这个事实去追溯，从而发现所有的可能性。爸爸有可能做了某些事情，理解了这一点，我们就领略到了阅读这个故事带来的另一份情感，它不是代替既有的感受，而是丰富它的层次和内容。这种丢东西的事情经常发生在孩子身上。我们以为自己丢失了某件东西，后来又找回来了，很开心，这是一种常见的童年经验。但还有些别的事情是我们当时不知道的——总有一个大人站在我们身后，他参与了某些孩子不知道的事情，我认为这是整个故事最打动人的地方。

桑德斯：没错。

赵霞：我感到好奇的是，你是怎么发现可以用这个方式解读这个故事的？因为我以前从未注意到，还能这样解读。的确，这本图画书呈现的是一个非常真实的孩子的视角，与此同时，背后永远有个父亲，他是你对这个故事的解释的一部分。就像佩里·诺德曼在《隐藏的成人——定义儿童文学》（*The Hidden Adult: Defining Children's Literature*）中所说的那样，永远有个隐藏的成人在儿童文学文本的背后。这个隐藏的成人会做什么？他可以是作者。作者通常是成年人。在文本内部、故事内部，这个成人扮演着什么样的角色？隐藏的成人是不是童书的必要部分？过去我们会说，写作儿童文学，你得像一个孩子那样去看、去说、去感受，换句话说，你得把自己变成一个孩子。但在这里，我们发现，也许并非如此。隐藏的成人是一则好的儿童故事的必要部分。

《隐藏的成人——定义儿童文学》
佩里·诺德曼／著
中国社会科学出版社

桑德斯：你说得没错。我想你还在含蓄地暗示，我之所以会这么读，原因之一是我本人就是一位父亲，所以我从文本里寻求对位。我认为这很合理。对我来说，关于图画书，最重要的一点就是，图画书始终有两类读者，它必须同时适应这两类读者：一类是识字的成人，他们也许精通语言，有一定的阅读经验；另一类是还不怎么识字的儿童，他们主要是听。一本图画书如果不能让大人感到满意，他们就不会一遍又一遍地去读它。有时候，我们确实会把一些书藏起来，不让孩子有机会读。但如果只有大人感到满足，孩子却发现它很无聊，也不行。《团圆》是一本能给这两类读者都带来愉悦的图画书。我第一遍读这部作品时，脑海里开始浮现一些观点。第二遍阅读时，有些在前一次阅读中没有被关注到的地方，开始呈现出更多的趣味。第三遍继续如此。第四遍阅读时，又会发现许多在前面的阅读中没有发现的乐趣，我认为这是很大的成功。好的图画书是为了一遍又一遍地阅读，我认为这部作品成功地做到了这一点，而且它能给两类读者同时带来阅读的乐趣。

儿童文学中的权力差异

赵霞：我知道在西方的学校，有些教师和图书馆员正在尝试通过图画书来促进高年级学生的阅读。在过去，我们认为图画书更适合年幼的孩子。但现在，人们看到图画书实际上有很丰富的内涵。如果你读的是一本好的图画书，读得又足够仔细，那么你可以从中读出许多东西。同时，在阅读的过程中，你还可以获得一种文学阅读和判断的能力。

桑德斯：这是一个很好的补充。我一直说，图画书适合两类读者，但显然还有一些图画书是专为年长的读者创作的。不过对我来说，图画书的核心真理就在于它是面朝两类读者的。

赵霞：甚至那些以幼儿为主要读者的图画书，如果是优秀的作品，我们就会愿意一遍遍地重读。它可能是一个关于童年的很小的故事，但作家和插画家对故事的不同理解使得解读过程本身变得十分迷人，富有吸引力。你会从字里行间读出丰富的讯息，不仅仅是关于童年的讯息。我的意思是，童年当然是一段非常珍贵的时光，其经验是不可替代的，但好的图画书不仅讲述童年，它还关系着我们每个人的生活、感受和情感。

桑德斯：我们总是忍不住要从普遍的视角打量儿童文学。谈到儿童文学，我们会想到怀旧、乡愁这样的字眼，谈到儿童呢，就会想到弱小、可爱、迷人……一般说来，这些都没错。但《团圆》里有一幕我特别喜欢，就是毛毛最后把硬币送给爸爸的那一刻，这实际上是她行使权力的一刻。在此之前，甚至在整本书中，一直都是爸爸在帮助她，给予她，她一直是接受者。但是，在那一刻，她是拥有力量的一方，是帮助爸爸的人。她甚至不知道自己给予了多少，但是她明白自己在给予。她知道硬币很有价值，知道看见硬币，"爸爸比我还开心"。当她把硬币交给爸爸时，就是她行使自我权力的一个举动，这真的很棒。在故事中的大部分时间里，父亲是代表权力的一方，他做了一切，给予一切，但在最后一页，孩子成了给予的一方，他们之间的位置发生了翻转。

赵霞：你觉不觉得还有更复杂的内涵？当毛毛把好运硬币送给爸爸时，对于毛毛来说，她在帮爸爸的忙，但对于比她年长的读者来说，好运硬币其实只是一枚硬币而已。这么一来，这一场景激起的就是更复杂的情感。在这里，毛毛的位置发生了转变，她在努力帮助和给予，但她毕竟还是个孩子。画面上，爸爸蹲下来跟她说话——大人毕竟还是大人，是爸爸承担了家庭的重担——这样，我们的视角又转向了故事里的父亲及其情感。读者的视点和情感不是停留在一个特定的角色上，而是在不同角色之间移动。有时我们与父亲共情，有时则是跟毛毛，在这样的转换之间，我们会感到从故事里体验到的情感并不简单。不是大人照顾孩子，或孩子照顾大人，而是他们在一起互相扶持，两者之间有一种内在的交往。

桑德斯：是。作为读者，我们受邀参与这一双方的交往。

赵霞：这也许是阅读图画书的独特体验。有些儿童文学作品，从头到尾读完，我们可以清清楚楚地把握整个故事。我们知道它在说什么，它背后的道德内涵是什么，作者想要告诉我们什么，等等。但读《团圆》这个故事时，我们只感到在读文学。我们会沉浸在字里行间，那种意味和感觉，只有通过文学的讲述才能表达出来。如果换用另一种语言，可能就不会表达得这么充分。

桑德斯：我想你谈到了儿童文学与文学之间的区别。什么是儿童文学？这当然是一个大问题。但对我来说，儿童文学最有意思的地方在于，它始终包含权力的差异。几乎所有文学作品中都存在某种力量差异。但在儿童文学中，这种差异往往是隐藏的。我们知道，这些作品是由具有读写能力和熟练的语言水平的成年人撰写的，其阅读的对象则是孩子，后者识读能力有限，几乎没有什么钱，也没有什么专业上的关联。所以，儿童文学就其定义，就是一种关于权力差异的文学。

在这本书里，爸爸行使着更多的权力。但在最后一刻，毛毛似乎翻转了这一权力关系。这个关系还会恢复到原来，但在结尾处，我们或许会感到毛毛成长了。她变得更坚强，并且比故事开头更懂事了。所以，这部作品不但是关于权力差异的，而且在表现这一差异方面做了很有意义的贡献。我想我理解了你刚才说的意思，这不像是儿童文学，而就是文学。但我还要说，它就是儿童文学，因为我们现在谈论的权力差异，就是儿童文学之为儿童文学的内容。许多成人文学作品试图压制对这一权力差异的认知，有些儿童文学作品也这么做，但那始终是有欺骗性的。儿童文学从根本上讲，就是关于权力差异的。

赵霞：当我说它读起来不像儿童读物时，我的意思是，在过去很长一段时间里，儿童文学被认为是简单的文学。我这么讲难免有概括之嫌，但这种观念在今天的读者中还十分流行。人们认为儿童文学是一眼就能被看穿的。或许，《团圆》这样的作品可以促使我们重思儿童文学的可能性。你谈到了儿童文学中的权力差异，儿童与成人之间的权力关系，对文学、艺术及其批评来说，这确实是一个很重大的话题。但我讨厌那种试图在成人与孩子之间设置战争关系的作品。一个世纪以前，我们发现童书往往是代表成人创作的，它们从成人的视角说话，并且试图驯服孩子。大约半个多世纪前，人们开始强烈地意识到，儿童文学不应附属于成人世界，儿童文学应该树立一个儿童的世界，并由此导致了一种文化战争式的观念，尤其是在西方儿童电视制作领域。有时候，制作人会有意强化儿童与成人之间的战争关系，以使其作品对儿童具有吸引力。他们会说，我们代表的是孩子，而不是大人。但你谈到的这种权力关系，不是成人对战儿童，儿童反对成人，而是存在于我们现实生活中的真实、复杂的儿童——成人关系。阅读像《团圆》这样的作品带给我们的一个很重要的启迪就在于，一切关于权力差异的书写不是为了提供一种权力关系的模式，而是为了感受它，理解它，正如我们每个人感受和理解生活一样。这种权力差异，不仅存在于成人与儿童之间，还存在于其他许多关系中。那么，理解毛毛与爸爸之间的交往，也有助于我们理解生活中的其他交往关系。

桑德斯：你说得对。

女性主义与批评的多重视角

赵霞：你怎么看待这本图画书的插图？

桑德斯：我很喜欢这些插图。比如，我们刚才说到的那两幅图：第一幅，毛毛从汤圆里吃到了好运硬币；第二幅，就是我说特别打动我的那幅，毛毛把好运硬币送给爸爸。从前一幅到后一幅，有一个有趣的区别：第一幅有点儿漫画的感觉，第二幅更现实主义。第一幅图很多地方都是平面的，第二幅立体很多，人物的线条、衣物的色彩，等等，都让人感到这里行动着的是真实生动的人。

赵霞：插图是水粉画，应该是现实主义的。但被你这么一说，前一幅还真有那么点儿漫画感。这位插画家刚刚获得了布拉迪斯拉发国际插画双年展金苹果奖，获奖的是他插画的另一本图画书《别让太阳掉下来》。

桑德斯：这个书名很漂亮。

《别让太阳掉下来》
郭振媛／文
朱成梁／图
中国和平出版社

赵霞：这是一个有趣的故事，一群动物担心太阳从天空中掉落下去，想尽方法阻止这件事发生。那本书的插图，插画家用了大量的红色，其灵感来自中国古老的漆器艺术。

关于毛毛的爸爸，你谈了很多，这是一个隐藏的视点，至少在文字里是隐藏的。我想问的是——这可能不是阅读的好方法，但我忽然就想到了它，因为它跟爸爸有关——这个故事里，爸爸一直在努力完成一切：爸爸回来了，这是这个家的大事；妈妈呢，她一直待在家，但那无关紧要。爸爸回来的时候，妈妈非常高兴。爸爸要走了，妈妈掉眼泪了。快乐的时光是跟爸爸在一起的时光。我们可以想象，现实生活中，妈妈虽然留在家，一定也非常操劳，她需要照顾孩子，打理家务。但是爸爸才像个英雄：我回来了！我走了！我想到的是父权主义，这是当下流行的批评视角。我不认为我们可以从这个角度来评判一个真正优秀、动人的故事，但我想问，你觉得这样一种女性主义的阅读，就这本图画书而言是否合适？

桑德斯：事实上，这本书令我感到不适的一点，就是书中妈妈的形象。妈妈是一个传统的、鲜明的"被观看"的对象。书中，毛毛在看，爸爸在看，只有妈妈是"被观看"的角色。开头和结尾的插图中，她的脸始终背对着我们。即便这样，妈妈仍然存在，她的姿态告诉我们应该如何看待爸爸。

《团圆》内文图

我们很容易拿一种阅读方式来替代另一种，我认为不应该这样。这两种阅读视角可以同时并存。从女性主义视角看，这本书有某些问题。从另一些视角看，情形又是复杂的。不过书中的母亲确实沿用了人们再熟悉不过的观念：母亲总是留在家里，她的职责是把家变成一个让父亲和孩子感到快乐的地方。我想这个问题是存在的。

赵霞：中国有句老话，叫鸡蛋里挑骨头。我的理解是，不少女性主义批评往往拈来一个文本就开始批评，但我们需要考察的也许是一组文本，其中有些是关于父亲的，有些是关于母亲的，如果存在明显的不平衡，那么我们可以就此提出问题和反思。但很难要求每一个文本在女性主义的解读下都是完美的。站在我的角度，也许因为我自己是女性的缘故，我会期待，如果这个故事能用一些哪怕点到为止的细节表现妈妈不只是一个沉默无声的妈妈，它会更完美。如果用那么一两处细节，表现她的确为家庭付出许多，而不是始终沉默暗淡地站在背景上，那会更好。

桑德斯：而且我认为要做到这一点并不太难。从女性主义的角度来看，我认为这本书也有一个优点，那就是爸爸回家后，他愿意一直与女儿在一起。他将她带入他的生活，把她带到各种各样充满男性气质的空间——无论是他锯木的工作台，还是男人们去剃胡须的理发店。如果，当爸爸带"我"去理发店时，他捎带一句"一直是妈妈在照顾你，今天让爸爸来吧"，我想这会让人感觉很不一样。或者，有时可以让妈妈走到前面，让读者感受到她在那里，她很重要。所以我想你的这个挑剔是完全合理的。尽管如此，我还是非常喜欢这本书。

赵霞：没错。我有时候想，仅从女性主义的视角阅读，可能也会带来危险，这可能意味着我们根本没法儿写作了。因为作家是活生生的人，每个人都有他自己的经历，也许跟父亲有关，也许跟母亲有关。如果只从政治角度来阅读，就永远没法儿谈论艺术了。

桑德斯：我不认为从女性主义的视角阅读是危险的。我喜欢从女性主义的角度阅读，但我同时认为，应该允许多重视角的存在，其中一些视角甚至可以相互冲突。

赵霞：不错，多重视角。把这个视角跟文学的视角融合在一起。我自己也从女性主义的视角受益良多。我小时候读书，意识不到文本中存在的问题，而且可能是非常严重的问题。从故事逻辑看，它是合理的，但从我们对于男性和女性应有的角色模式的理解来看，则并不那么合理。这一切都需要学习。它也是一种阅读的素养。起初，我们只是理解语言，继而理解故事和文学，这样我们读故事，就能吸收更多。

桑德斯：没错。

赵霞：你的分析非常棒，细致，深入，贴近文本。我认为用这样的方式阅读一本图画书非常有益。我们通常可以快速地读完一本图画书，因为里面的语言往往是简单的，用不着去查词典。但我们还得学会读到故事里去，尝试了解看起来简单的故事背后的深刻内涵，比如你谈到的权力差异。很高兴再次与你交谈。谢谢，多保重。

桑德斯：谢谢。你也多保重。

（赵霞整理翻译）

赵霞与乔·萨特里夫·桑德斯

对话
汪海岚

· 2020 年 10 月 2 日

汪海岚（Helen Wang），英国翻译家，大英博物馆亚洲货币研究员，英国伦敦大学考古学博士。著有《丝绸之路上的货币——至公元约800年中亚东部考古实据》（*Money on the Silk Road: The Evidence from Eastern Central Asia to c. AD 800*）等。英译有儿童小说《青铜葵花》《红豺》，图画书《安的种子》《西西》《云朵一样的八哥》等。曾获麦石儿童文学翻译作品奖（Marsh Award for Children's Literature in Translation）、陈伯吹国际儿童文学奖特殊贡献奖等。

文学翻译的困难与挑战

——关于中国儿童文学翻译、创作与接受的对话

2020年10月2日，赵霞与英国学者、翻译家汪海岚进行了一次线上对话，主要围绕着中国儿童文学的译介和各自的翻译、研究工作等话题展开。

对话由闲聊开始，谈及孟亚楠的图画书《好困好困的新年》英文版的在线发布会。该书由依奇·哈森（Izzy Hasson）翻译，马里士他出版社（Balestier Press）出版。这是由利兹大学当代华语文学研究中心与新加坡书籍理事会组织的第六届白玫瑰翻译比赛的评选结果。该项比赛向全世界范围开放，今年设定参赛者年龄为十八岁以下。汪海岚是三位评委之一。本文按对谈内容整理而成。

从中文学习到文学翻译

赵霞：在发布会上，你朗读了《好困好困的新年》英文

《好困好困的新年》英文版
孟亚楠／文图
依奇·哈森 译
马里士他出版社

版的部分文字。感谢你为中国文学（不仅是儿童文学）的英译付出的努力与贡献。

汪海岚：这并非我一个人的贡献。我们有一个团队，大家一起才能做出点儿事情。一个人不可能独立完成翻译、出版、营销这一切。我做的所有这些，离不开其他人的努力。

赵霞：我们最早知道你的名字，是因为《青铜葵花》。在中国儿童文学界，有那么一段时间，大家好像都在问，谁是汪海岚？我们知道你是《青铜葵花》的译者，但搜索不到更多关于你的信息。我在英语网站设法找到过一篇采访你的文章，了解了一些情况，但我想知道的还有很多。我记得你的专业是考古学，对吗？

汪海岚：我的学士学位是中文，博士学位是考古学。

赵霞：攻读学士学位时，你就已经对翻译中国文学感兴趣了吗？

汪海岚：我是在伦敦大学亚非学院获得中文学士学位的。我从十八岁开始学习中文，此前对它一无所知。第一年上学是在伦敦，第二年我们被送到北京来学习了。之后我又在北京多待了一年，然后回伦敦读大三和大四，完成了学业。学习期间，为了理解汉语，我做了很多翻译工作。实际上，很多作业都是阅读理解。那些日子里，作业量真的很重。查词典的工作尤其繁重，几乎无时不在查询。查汉字不像查找英文单词，你得知道汉字的偏旁部首，数清它的笔画，你找啊找，一不小心忘记了，又得从头再来。学习汉语是一件苦差事，至少在当时是。尽管现在有许多电子工具，但这些工作仍然免不掉。

赵霞：你的博士论文是用中文写的吗？

汪海岚：我的学士和博士学位都是在伦敦拿的，学位论文只要求用英语写作。据我所知，威斯敏斯特大学中文系过去要求学生用中文写论文，这是我知道的唯一一个这么要求的机构。但那是很久以前了，我不知道现在是不是还这样。

赵霞：你认为从什么时候开始，自己成了翻译家？我是指文学作品的正式翻译。

汪海岚：我的第一部翻译作品是在二十世纪九十年代初出版的，那是一些短篇小说和散文。那时候，人们对此几乎没有兴趣。如果有稿酬，也是付给中国作者，而不是译者。

出版后也没什么反响，感觉作品就这样"死"掉了。我得谋生，所以开始在博物馆工作，后来成了家，拿了博士学位。等我的孩子长大一些之后，我开始重新审视翻译这件事。我跟一些从事翻译的朋友们常常见面，我认为，正是因为跟他们在一起组成了一个小小的团体，我才得以再次提起文学翻译这件事情。我从一些短篇小说着手，之后很偶然地闯进了儿童文学的世界。

赵霞：那么，你是先翻译了不少成人文学作品，后来才开始从事儿童文学的翻译的，其间有个转换的契机，还是说你一直都对儿童文学感兴趣？

汪海岚：我的朋友，英国当下最活跃的中国小说翻译者之一尼基·哈曼（Nicky Harman）……

赵霞：哦，我知道尼基·哈曼。之前为了推荐参与翻译比赛的中国儿童诗作品，她联系过我。

汪海岚：尼基·哈曼和我是好朋友，我们成立了中国小说读书俱乐部。这是一个真正的读书俱乐部，每隔六到八周大家聚会一次，谈论我们读过的书。在一次会议上，尼基·哈曼告诉大家，有家出版商想出版两部中国的儿童文学作品，一部是沈石溪的，另一部是伍美珍的。我觉得我可以一试，就联系了出版社的编辑。他们挑选译者的过程是这样的：首先邀请译者选择两本书中的一本，（无偿）翻译书中的一页或两页内文。然后，他们会选择其中六位译者（有偿）翻译该书的第一章。最后，他们才会选定整本书的译者。他们的计划是用接力翻译的方式，将英文版再译成其他七种语言，以便在2012年伦敦书展上以八种不同的语言推出这两部小说。届时中国将是该书展的主宾国。为了完成这一目标，他们希望翻译速度足够快。我以前从未翻译过整本书，所以我花了一周时间来确定自己是否能够胜任。那是我第一次翻译长篇小说。书出版后，在伦敦发行了，然后什么也没有。

赵霞：“什么也没有”是什么意思？

汪海岚：反响很小，几乎没有。我去了当地的书店，跟他们说我住在当地，翻译了《红豺》这本书。店主便购进了两册《红豺》。它们静静地立在商店的书架上。几周后，我去书店买走了一本。几个月后，我又去买走了另一本。你瞧，我既是推荐人，又是营销人，还是消费者。并不像人们通常想象的那样，大家都排着队去抢购它！

译者与作品的"关联"：
《青铜葵花》的翻译及其他

赵霞：不久之后你就开始了《青铜葵花》的翻译。

汪海岚：那是2013年的夏天，沃克出版社正在寻找《青铜葵花》的译者，一位朋友把我推荐给他们。沃克出版社的编辑问我有没有什么资质，也就是能够证明你是优秀译者的推荐材料，她想了解我的翻译质量。她没法儿从一册英译版的《红豺》中得知其中包含了多少编辑工作（实际上很少），而那时在沃克出版社，又没人懂中文。对出版社来说，看不懂原始语言就安排译者有些冒险。他们读过《青铜葵花》的法文版（我没有读过法文版，他们要求我从中文翻译）。我知道他们会对照着法文版检视我的翻译。因为我们以前没有合作过，所以我建议，我先尽量照着中文直译第一章，由他们进行编辑，然后我再按照他们的编辑风格来翻译第二章。第二章之后，他们就高高兴兴地让我独自继续下去了。我们说好，我把所有想提的问题留到最后，和编辑一起处理。

赵霞：译完整部小说用了多少时间？

汪海岚：这很难计算。因为我在博物馆是专职工作，只

《青铜葵花》英文版
曹文轩／著
汪海岚／译
沃克出版社

能趁着晚上、周末或假日翻译。而且，一旦我觉得累了，做不下去了，就必须停下来睡觉、休息。

赵霞：从开始翻译，到最后你认为这本书完成，大概用了多少时间？

汪海岚：通常需要几个月。我会先拟一个十分粗糙的草稿，基本上是为了记录情节，厘清各部分内容的位置。接着从头开始细致翻译。完成之后，再从头来过，反复地修改，直到我认为已经达到自己的最佳状态，才把译稿发送给编辑，他们会再检查一遍。这个阶段通常会有一到两名编辑参与。之后，我们会再次检查，看看还有没有其他问题需要处理。从提交译稿给编辑到最后印刷出版，可能需要一到两年。

赵霞：一本书，尤其是一部文学作品，通常可以从其原始语言来直接判断其艺术价值，但一部作品翻译到另一个国家，在另一种文化语境中，情形就不同了。即便原作很好，也不能保证译文会很好。文学翻译是有风险的，就像一场冒险，你永远不知道其间会发生什么。在中国，我们有很多翻译过来的文学作品。我总是说，翻译可以传播文学作品，也可以杀死文学作品。对于一部儿童文学作品来说，特别是儿童文学史上的经典作品，比如《青铜葵花》，遇到你这样的翻译者是这本书的幸运。我读你的译本，真的感到它是对这部小说的某种重新发明，而不仅仅是使用另一种语言（英语）来传达作品中的所有内容。在这里，不仅需要语言知识，而且需要一种非常深刻的内在的文学感受，只有这样，才能真正触及每个词语的文学内涵。因为文学作品中的语言与一般的说话表达十分不同。这也就是为什么不同文化背景下的文学交流，翻译会产生这么大的影响，甚至是决定性的原因。我自己也从事一些翻译工作，深感翻译的确是一件非常困难的事情。

汪海岚：谢谢你这么说。有人称翻译为再创造。

赵霞：再发明或再创造。

汪海岚：但这也是危险的。有人讨厌和批评这样的"再创造"。我只能说，这是我现在能做的最好的翻译。

赵霞：我知道翻译理论有不同的分支。有人主张直译，认为译者应该对原始语言进行某种形式的硬拷贝，而不应该更改源语言的任何内容。但我认为这是不可能的。翻译一旦启动，语言就已经发生了某种转变，这无从避免。实际上，我认为不存在任何只是进行字面翻译这样的翻译。对于儿童文学翻译，这么做更糟糕。我认为文学翻译家从某种意义上来说也是作家，而且是优秀的作家。

读《青铜葵花》的译文，使我感触良多。它跟阅读中文版的《青铜葵花》有些不同，因为这是另一种语言体系，当你被这种语言的词汇所吸引，许多感受都跟西方文学的经验联系在一起。当然，原来的故事仍在，但内心深处激起的许多体验与阅读中文很不一样。当我读英译版的《青铜葵花》时，我在想，里面是不是有那么一丝狄更斯的味道。也许是因为故事里的那条河，还有你的翻译语言的滋味。曹文轩的叙述风格是诗意的，田园的，缓慢的，放在英语文学的语境里，不知怎么就让我想到了狄更斯。我认为从一种语言到另一种语言的文学翻译中，这可能是一种必然的现象。我很好奇，你喜欢狄更斯吗？

汪海岚：我是很久以前读的狄更斯。翻译《青铜葵花》的时候，我从来没有想过狄更斯。我第一次读《青铜葵花》的中文版是在我母亲家里，我姊妹也在。当时我母亲快过世了，我们一起度过了那段时光。每天，我会带着《青铜葵花》去另一个房间，一次读一章。等我回去时，她们要我说说故事里发生了什么。那时我的感觉是，每一章好像都发生了可怕的事情，那个小女孩儿总在哭。在那个小女孩儿的生活中，是一场又一场灾难。她那么小，所有这些糟糕的事情都发生

《青铜葵花（世界著名插画家插图版）》内文图

在她身上，哭泣是可以理解的。我记得我当时曾经想，如果我翻译这个故事，我要让这一切显得很真实，这就是我后面努力做的工作。完成了第一稿或第二稿的草稿后，我意识到，

《青铜葵花（世界著名插画家插图版）》内文图

这部作品不是关于灾难的，而是关于人性，关于人与人之间的联系与交流，关于善——这个家庭的成员之间彼此照顾，互相扶持。我知道曹文轩曾经谈论过美，关于在苦难中寻找美的事物，关于纯文学，等等。这部小说最后凸显的确乎是人性。因此，尽管我的第一印象是一场接着一场的灾难，但读到后来，我开始觉得这是一个非常可爱的故事。我在翻译时，通常尽量不同时去读另一位作家用英语写的另一个故事，因为这会改变我的翻译思路。我想要从头开始，把我认为作者讲述的内容译成英文，使之读起来既自然又舒服（如果有意为之，读起来就会不舒服），以便使它读起来像真正的英语。我希望我做到了，但这只有读者知道！

赵霞：你是因为喜欢这个故事而翻译它，还是只是尽一个翻译者的职责？

汪海岚：当然是因为喜欢。在润色和编辑阶段，每读一次，我都会更喜欢它。对我来说，这是一个好兆头。有时候，当你读了很多遍自己的译文之后，就不想再读了，只想走开。

赵霞：读你的译文能感觉到，每当作者的情感涌动于语词内时，你总能敏感地捕捉到。

汪海岚：我认为，作为译者，你得跟你翻译的作品建立某种联系，这有点儿像为了快乐而读书。要是你跟一本书没有产生联系，也不想与它建立联系，恐怕很难翻译好它。

赵霞：这就是我为什么说翻译者实际上是内在的作家，翻译是某种意义上的再创造的原因。这就和创作一个故事一样，首先你得喜欢这个故事，然后才有热情去翻译它。

汪海岚：有时候收到翻译的约请，但出于各种原因，我拒绝了。有时是因为手头有翻译工作，无法腾出时间去做另一本书。有时是因为觉得某本书由我来翻译，不大合适。有的书也许很棒，但它要求的某些知识是我不具备的，或者不能让我产生那种联系。要是你得用生命中的几个月甚至几年时间与一本书为伴，你肯定希望那是一段愉快的经验。

赵霞：我想斗胆问一下，那些被你婉拒的童书，能举个例子吗？

汪海岚：我想不好……

赵霞：你可以不回答的。

汪海岚：也许说出来也有意义？最近的例子是黄蓓佳的《我要做好孩子》。这是中国儿童文学的经典作品，非常有名，也很受欢迎。黄蓓佳绝对是一位出色的作家，她的写作很漂亮。

赵霞：是的！

汪海岚：但是那本书的书名让我产生不了兴趣。"我要做好孩子"，我的第一反应是，在英国没人会买这样的书。

赵霞：它是二十多年前出版的。

汪海岚：一想到得改动一部广为人知的作品的名字，我感到很为难，但若不改，光看书名，我就不想读……

赵霞：我很理解。

汪海岚：现在回想起来，这是一个错误的决定。因为黄蓓佳是一位非常出色的作家。好消息是，尼基·哈曼现在在翻译这本书。

赵霞：也许他们得改一下书名。

汪海岚：尼基·哈曼坚持要求出版社考虑更改书名，他们确实改了。但是在不确定这部作品从书名到主题能否被英国读者接纳的情况下，就投入到烦琐的翻译工作中去，我恐怕承受不了。但我内心也很矛盾，因为黄蓓佳确实是一位了不起的作家。

赵霞：黄蓓佳不仅仅是儿童文学作家，她也写成人文学作品。她的儿童文学作品不论在语言层面还是在故事层面，以及人生体验上，文学性都相当高。

汪海岚：尼基·哈曼现在翻译了黄蓓佳的两部小说，另一部是《野蜂飞舞》。

赵霞：哦，这是她的新作，战争题材的。我们开过一个《野蜂飞舞》的研讨会。在研讨会上，大家就作品各抒己见，坦诚地讨论这部书的优缺点。一些批评意见，也许是这部作品可以做得更好的地方，也许是与作者、与当下创作有关的重要问题，并不局限于一部作品，而是涉及整个领域。

汪海岚：我还没读过这部小说，尼基·哈曼说它非常棒。我出于某种原因做出了关于第一本书的决定，并且坚持了这一决定。但我翻译了黄蓓佳的一篇短篇小说，这篇短篇小说发表在利兹大学当代华语文学研究中心的网站上。但我也感到有些遗憾。我后来认识了黄蓓佳，她是一个可爱的人。

赵霞：也许可以选择翻译她的另一部作品，她写了不少出色的儿童文学作品。刚才说到《我要做好孩子》时，我想到了她的另一本书《童眸》。当然，它跟《青铜葵花》的风格很不一样，但跟《我要做好孩子》也有很大不同。这是一部现实题材的作品，在我看来，介于黄蓓佳的成人文学与儿童文学写作之间。它由若干故事构成，每个故事都有自己的主角，男孩儿或女孩儿。我认为这部作品的突破在于，它写出了童年生活的某种真实。你会看到，并非所有的童年故事都有一个幸福的结局，就像现实生活一样。某种程度上，我们看到《青铜葵花》里降临在孩子身上的各种灾难，但灾难中总有一抹浪漫，最后也会有一个幸福的结局。

《童眸》
黄蓓佳／著
江苏凤凰少年儿童出版社

汪海岚：你觉得《青铜葵花》有一个幸福的结局吗？

赵霞：尽管它的结局是分离和告别，但是别忘了，青铜开始说话了，奇迹发生了。它所传递的信息是，成长朝着一个更好的方向而去。我认为这类结局比较适合年龄段相对较低的青少年读者。当然，所有年龄段的孩子都可以读这样的小说，但是这种模式和倾向特别体现在为年幼的孩子编写的故事中。我想这是一种思维方式。我不反对结局幸福的故事，那也是一种风格，但在《童眸》中，你会看到，童年生活有时候并非如此。童年生活也可能是痛苦的，我们的一生都可能是痛苦的，但你仍要继续生活下去。我们看到在这种悲惨的生活中，有时那些孩子——其中一些已经是青少年了——他们的生命像天空中的烟花一样粲然绽放，或许只有短短一秒，但它绽放了。你会感到，即便是最悲惨的生活和环境，也无法完全控制或束缚生命。这部小说有一种特别的意味。

文学翻译的困难与挑战

赵霞：在翻译中国儿童文学的过程中，你感觉最大的挑战是什么？又或许，你根本不觉得困难，很享受这样的过程？

汪海岚：我的确很享受，但也有感到很困难的时刻。比如，我得努力理解作家在故事里想要做些什么，说些什么，但我永远不会跟我正在翻译的作家有一样的人生体验。这就像观画一样，哪怕我们看的是同一幅画，每个人看见的内容也不尽相同。因此，我是按照故事在纸面上的本来样子着手翻译的，如果我诠释过头，可能就会出错。有时候问题会很棘手，为了寻找合适的用词，我得无数次地查词典，以确定某些词是特定地域的特定表达，还是一种特殊的语言，又或者是另一些我需要知晓的知识。你得想好整本书的形态。比如我翻译曹文轩的作品的时候，因为他使用了很多诗意的语言，我就得去查，了解它们是否是中国读者熟知的中国文学或典故中的用语。在查找的过程中，我开始好奇创作这部作品之前，他读过哪些作品，这又是一场与一连串经典书目相遇的趣味之旅。

有时书中有许多动植物的名称——曹文轩的作品里有很多植物，而沈石溪的作品中则写到了很多不同的动物。有时这些动植物的名称在英国并不常见，我得花大量时间在网上查看这些动植物的图片，找到它们的拉丁文名（通常它们都会有一个国际通用的科学术语），然后我再去找对应的英文名称。比如，如果我查询到一种蜘蛛的英文名称是"中国蜘蛛"，但我没法儿在翻译中直接使用该名称，因为那听上去很不和谐。中国作者不会称其为中国蜘蛛！他使用的肯定是另一个名字。我就得去查这种蜘蛛还有没有别的名称，比如有地域特色的名字或绰号。要是这种蜘蛛没有英文名称，也许我会使用它的中文名字，或者给它起一个名字，又或者给出它的主要特征。我必须找到一个既能立即引起读者共鸣，又不会引起读者过多的注意，从而破坏故事节奏的名字。我记得我花了很长时间才想出怎么称呼《红豺》里的一种动物。这是一种山地绵羊或山羊，有着巨型的V形角。当我查询这种动物时，发现了几种不同的名字：bhara、Helan mountains blue sheep、Himalayan blue sheep，等等。我也许可以叫它 bharal（岩羊），但这像是用印地语来称呼中国的动物，我还得解释说，这是一种山地绵羊或山羊。我也可以提醒读者自己去查词典，但当我们正沉浸在愉快地阅读中时，只想跟着故事走下去，不想被打断。所以我花了许多时间查询动物的图片，想要决定最终使用哪个名称。根本上，这是一种有着特殊羊角的山羊，这比一个名字更重要，所以就有了现在这个名字。翻译伴随着这样的取舍。最近我在读《因为爸爸》（我有意翻译这本书）。我在想它用英语呈现出来会是什么样子。其中一章有许多南京的菜名，我从没有尝过这些菜！我就去网上查，看它们是不是都有相应的英文名字。要是还没有现成的名字，我就得找到每一盘菜的图片，了解它们看起来是什么样子。接着我再去看具体的菜谱，了解其烹饪方式，以及人们是怎么点评它们的。最后，我得决定用英语怎么来称呼它们。菜名太难译了，难怪饭店的菜单上会有这么多错误和笑话。

《因为爸爸》
韩青辰／著
江苏凤凰少年儿童出版社

赵霞：就算你把这些菜全都尝个遍，翻译起来还是困难。

汪海岚：我在想，如果要我翻译这本书，就得为每道菜找个名字。我不能写上一整段话来描述一道菜肴，它得有一个简短的名字。我必须找出这道菜的典型特征，用英语表达出来，这样读者就能读下去了。它也许是辣的，或者是甜的，或别的滋味；或是地方食材，又或许跟一个爱情故事联系在一起，诸如此类。我得弄清楚对这道菜来说，其最重要的方面是什么。这个过程非常有趣，但也非常耗时。

赵霞：完全理解。在中国文学中，饮食描写也是一种现象。这种描写很特别，尤其是对于那些有着特定的饮食文化的地域来说——那不仅仅是一道菜肴，而是一个菜系。中文菜名很多是四个字的，读起来有一定的节奏和韵律，有种形式的美感。可以说，菜肴的名称不仅是对它的描述，还是一种语言的游戏，能够带来特别的阅读感受。阅读是头脑的活动，但当我们读到这些菜名时，我们的身体也会做出另一种回应。我也很喜欢这种描写，它看上去很漂亮，想象起来也很美味，这是一个很有意思的文学现象，也有研究者谈论它。但对翻译来说，的确太难了。我听过一些关于中国菜的翻译。有道有名的菜肴叫"夫妻肺片"，这道菜曾经被翻译成"丈夫与妻子的肺片"，听上去像个玩笑，但还真发生过，现在被当作玩笑来讲。这是一个非常典型的例子，说明中国菜肴译成英语有多难。

汪海岚：我想这种现象不只发生在中国菜肴上。在欧洲，很多餐馆的菜单都是不翻译的，上面有意大利语、法语等，能激起你各式各样的联想、回忆和乡愁。翻译菜肴和食物真的很难，当然也很有意思，你会一边译，一边感到好饿。

赵霞：我在欧洲的餐厅经历过不少"冒险"，尤其是在意大利餐厅。我看不懂菜单，上面混杂着英语、意大利语或法语的单词，也许还有本地词汇。所以我常常把进餐厅视作一场冒险，一切顺其自然。有时我以为自己点了鱼，上了菜才发现里面根本没有鱼，或者主菜不是鱼。但我掌控不了，那都是冒险的一部分。

中国儿童文学的西方接受

赵霞：我读过一篇你的采访，那里面你谈到了中国儿童文学的翻译以及它们在英语世界的接受情况。你谈到你翻译的沈石溪的《红豺》跟曹文轩的《青铜葵花》完全是两种风格，也谈到了西方读者对沈石溪作品的接受情况。我曾听慕尼黑国际青少年图书馆的露西亚·奥比（Lucia Obi）女士说，曹文轩获得安徒生奖后，他的作品才开始被翻译成德语。我想知道英语世界的情况如何。曹文轩获奖后，我写过一篇有关他作品的对外翻译出版与接受影响的论文，但那还是初步的探索尝试。你能谈一谈中国儿童文学在英语世界的影响和接受情况吗？

汪海岚：我认为这种接受状况很难衡量。因为一本书一旦出版了，除非有人评论它，否则它就只是在那里而已。有些事情需要经过一些时间才能显现。曹文轩的《蜻蜓眼》也翻译成英文出版了。另外，他的一些图画书也已经翻译和出版。但对这位高产的作家而言，这些翻译过来的作品只是他的创作的一小部分。我们面临的困难之一，是如何使这些图书变得可见。这些书在哪里？人们在哪里读书？大多数父母并不了解儿童书籍的世界。

赵霞：他们通常会跟着奖项走。

汪海岚：普通人（非专业人员）只能在书店、图书馆、学校，有时甚至是在超市里看到这些书。除非人们开始关注儿童书籍，看看哪些书获奖了，哪些书被评论了，否则这些图书的可见度非常低。阅读童书评论的通常是成人，而不是孩子。如果孩子既看不到这些书，也不知道这些书，他们就不会自己选择这些书。流行的那些书都是曝光度很高的书。传播的途径可能是评论、广告、营销以及口碑。要是孩子们

《中秋节快乐》英文版
孟亚楠／文图
杰丝敏·亚历山大／译
马里士他出版社

喜欢哪些书，他们会去读、去买，传播的规模就越来越大。但是，如果一开始就进入不了孩子的视线，后面的增长从何而来？比如孟亚楠的这本《中秋节快乐》（这是第四届白玫瑰翻译比赛的获奖作品，现在出版了），上个礼拜就在书店和图书馆的橱窗展出。昨天是中秋节嘛，中秋节前的一段时间，为何不把它放到橱窗上去？首先就得有人提出这个建议，继而组织落实。所以蔚芳淑和莎拉·多德（Sarah Dodd）在利兹大学所做的一切非常重要。她们跟学校合作，做了许多工作，这两本书（《好困好困的新年》和《中秋节快乐》）也是她们组织的两场比赛的结果。

赵霞：我听说这是面向十八岁以下青少年的比赛。

汪海岚：获奖者都是十八岁以下的年轻人，这可以鼓励年轻人来尝试。我们希望学校能购买这些书，希望孩子们有更多机会看到它们。但是，可见度仍然很低。推广工作困难重重。儿童读物的评论也很少，主要发表在博客上，而不是主流期刊上，但大多数父母都很忙，很少有人会花时间去找博客上发表的文章。所以，我们恐怕不能说父母们对此不感兴趣，也不能指责图书经销商没有做好他们的工作。当然，他们也许能做更多的事情，譬如将书籍放在合适的位置，在网上发布相关信息，等等。但他们经营生意，还得考虑维持收支平衡，不是每本书都会做宣传和营销。所以，很难说中国儿童文学在这里的接受程度如何。目前，我跟这个年龄段的读者没有太多直接的交流。我自己的孩子长大了，跟学校的联系也不那么紧密。我听到的反馈通常来自成年人，包括蔚芳淑和莎拉·多德，还有其他人在专业场所发表的评论。

赵霞：据我所知，至少《青铜葵花》在英语世界有不少评论吧？

汪海岚：即便评论了……

赵霞：也不能说明它的市场效应？

汪海岚：那取决于售出图书的数量多少。出版商显然对图书的市场效益更感兴趣。

赵霞：像《青铜葵花》这样的书，在这里是赚钱的书还是赔本的书呢？

汪海岚：那得去问出版商了。出版商需要考虑各种额外费用，比如翻译费用，也许还有额外的编辑费用。有时他们会申请翻译基金，但那也得有人去申请才行，这就需要时间。

之后还要等待结果。要是基金获批，还得在基金到期的限定时间内出版。申请翻译基金不是出版商的常规工作选项，这里面有许多需要考虑的因素。

当代中国儿童文学的创作与翻译

赵霞：你跟中国儿童文学界有许多的交流，对中国儿童文学十分了解，并且是同时作为一个读者、翻译者和研究者的了解。你怎么看待中国当代儿童文学？或者说，对中国当代儿童文学，你个人有些什么印象？

汪海岚：我知道的并不多。我还处在敲门的阶段，正在努力探寻。

赵霞：这些年，你还翻译了不少儿童图画书，我感觉你在中国童书领域的介入越来越深。

汪海岚：说到图画书，中国这些年的确出了些很棒的作品。记得我的孩子还小的时候，我曾经试着去买中文图画书给他们看，那是在二十世纪九十年代末至二十一世纪初期。我买回家的这些图画书令我五味杂陈。对英语读者来说，它们有时候构成了一种暴力与甜腻的奇怪组合。一方面，里面有一种幼稚的甜腻，但就在同一本书中，也会有暴力。这让我感到很不舒服。但那差不多是二十年前了。最近令我产生这种感觉的书，是白冰的《一颗子弹的飞行》。当我拿到这本书时，我不知道该怎么看待它。我一想到要陪孩子一起读这本书，一页一页地解释给他们听，就觉得很难。我儿子小时候，我就得这么做，那时他喜爱的读物是《黑猫警长》。

赵霞：是吗？他也学中文？

汪海岚：很遗憾，他没学中文。我一边读，一边给他译成英语。但我得非常小心，因为黑猫警长会一边骑着摩托，一边开枪。他开枪射杀鸽子，还打掉了一只老鼠的耳朵。还有关于螳螂的卡通画，雌雄螳螂交配后，雌性吃掉了雄性。我一边读，一边不得不总是在解释评论，并且要求他绝不把这些书带到学校去。实际上，学校还真来问我，在家给他读什么书，因为他在学校里画画，画的是打架的场面。那时他五六岁吧。这并不意味着这些书不好，只是在接受和包容方面有错位。但当下的中文图画书更好地掌握了这种平衡。现在中国出版了一些很精彩的图画书，故事非常好。只不过在我看来，有时候图画比文字故事更令人印象深刻。

赵霞：没错。

汪海岚：或者说，讲述故事的方式不一样。想要故事行得通，就得让它达到一定的令人满意的程度，否则就像品尝了味道欠佳的食物。

赵霞：也许对于读过的每一本书，我们每个人都有自己的判断。《一颗子弹的飞行》也入选了慕尼黑国际青少年图书馆的"白乌鸦书目"。它的主题很特别，尤其是对图画书来说。在图画书里，通常更多地表现甜美、浪漫、幸福，至少是与我们的日常生活直接相关的事物。主人公也许遭遇了可怕的事情，不过最后还是会回到母亲或家人的温暖怀抱中。但是这本书——我称这类图画书是关于哲学或观念的图画书——它试图传递一种观念，而不是描绘现实生活。作者试图探讨暴力，其中的子弹是杀戮（也许是战争）的象征，同时它又采用了童话式的手法，是这两个方面的特殊混合。

汪海岚：这本书不但令我困惑，也让我感到棘手。我绞尽脑汁，还是不知道该怎么处理它。我把这本书拿给我的家人和一些朋友看，他们把它当成一本有趣的新书打开来，但是翻着翻着，他们就把书放到一边，谈起别的事来，因为他们也不知道该怎么谈论这本书。有个同事读了一个小时后，

《一颗子弹的飞行》
白　冰／文
刘振君／图
中国少年儿童新闻出版总社

回来跟我讲，这是一本很棒的书。第二天，她跟她已经成年的儿子谈起这本书，她儿子坚定地说，我们需要更多这样的童书，我们受够了那些绒毛兔般又软又绵的童书，儿童图书应该用人们能够理解的方式解释世界，表现真实的生活。围绕着怎么看待这样一本书，激发了许多有趣的对话和很好的讨论。

赵霞：你跟同事、朋友和家人读的是这本书的中文版吗？

汪海岚：它还没有英文版本，所以我给他们看中文版，告诉他们故事里发生了什么。我最初在网上看到这本书的介绍，很感兴趣，就去光华书店订购了一册。大约六个礼拜后，我收到了书。从第一次翻开这本书到现在，我一直想着它，因为它促使我用不同的方式思考。

赵霞：你也翻译了《我是花木兰》《云朵一样的八哥》，你怎么看这两本书？

汪海岚：《云朵一样的八哥》是一本可爱的书，郁蓉的插图也很可爱。她也住在英国。你们也许认识？

赵霞：是，她也住在剑桥科顿村，我儿子在那里上小学。封锁前，我们常在路上相遇。

汪海岚：花木兰是一则经典的故事，现在也很国际化了，这归功于迪士尼。不管怎么评价那部电影，人们总归知道了这个名字和她的故事。秦文君对这个故事的处理也很有意思。她也是一位多产的作家。她的作品很多，在中国也很知名，但被翻译成英语的很少。

赵霞：秦文君是优秀的中国儿童文学作家，也很高产。她最知名的代表作是《男生贾里》，这部作品最早出版于二十世纪九十年代。在我看来，她是表现中国当代都市童年生活的最具代表性的儿童文学作家之一。在中国，城市化是一个过程。过去我们读到较多关于乡村儿童和童年的故事，这是一个文学写作的传统。那时我们还很难想象一个孩子从出生开始就生活在典型的现代都市。而《男生贾里》里的孩子们，不是那种从农村搬到城市，努力寻求适应城市生活的孩子，而是来自城市中产阶级家庭，享受着相对充裕的物质生活，受到父母用心照料的孩子。由此，他们开始拥有某种突破界限的意识与能力，而不是像过去小说中的许多孩子那样，总是受到严格的规训限制。在这一当代写作的潮流中，秦文君是一位重要的作家，她描绘了这一中国童年的形态，并为这类儿童主人公（中国的现代城市儿童）提供了某种形象模式。她后来持续创作了一系列都市童年生活题材的儿童小说，但我仍然认为二十世纪九十年代末的《男生贾里》是她最具代表性的儿童文学作品。

《男生贾里全传》
秦文君／著
少年儿童出版社

汪海岚：你刚才提到接受的问题，我有时候会想到今天的孩子如何认识中国——北京奥运会，先进的中国技术，中国抗击新冠病毒的方式……他们从新闻中读到的中国，跟从书籍中读到的传统中国完全不同，我不知道他们如何将城市生活与传统中国联系在一起。当下中国似乎很强调对传统的生活、历史成就的颂扬。对孩子们来说，既要学习这一切，同时又要认识到中国是一个技术进步惊人的现代国家，这是一项不小的挑战。"一带一路"，丝绸之路，秦始皇……孩子小小的头脑需要处理很多信息。因此，从某些方面来说，书籍越多越好。中国儿童文学的英译中，系列童书还没有得到关注。在中国的网上书店，可以找到许多系列童书，比如杨红樱的"笑猫日记"系列有二三十卷，雷欧幻像的"墨多多谜境冒险"系列近三十卷，沈石溪的动物小说系列，等等。如果只是翻译一个系列中的一本书，读者感受不到整个系列的气息。如果能有一个小系列，比如说四到六本书，做得很好，那么读者得到的印象也会更全面。也许将来会有，但是目前，要是你喜欢上一本书，还想读该作者的更多作品，可能会找不到，因为他只有这一本书被翻译过来。在中国，翻译的速度要快得多，无论你喜欢哪个作者的书，都能一本接一本地读下去。

赵霞：也许下一次翻译你可以选择有关中国儿童城市生活的小说，它们很典型地代表了当代中国的另一种童年。我特别期待西方读者不仅能从中国儿童文学中读到乡土童年的故事——这种童年常常是贫穷的、艰难的，而且也能读到现代都市童年的故事——这里的孩子无忧无虑，充满欢乐和创造力，大胆且具有叛逆精神。中国有尊老的传统，故事里的这些孩子并不会公然叛逆，而是在不知不觉中绕开社会惯例。他们有时智胜成人，并用这样的方式帮助成人。我觉得这种精神可能在某种程度上受到西方儿童文学，比如《长袜子皮皮》这样的作品的影响，它会让我们感到，即便处在各种各样的压迫之下，童年仍然是充满希望的。在今天各种环境，包括教育环境的压力之下，儿童生存真的不易，但我们还是可以看到这样的童年精神——这个世界没什么可怕的，孩子能用他们自己的方式化解这些重负。这一点细想来令人惊讶。我认为这是童年非常重要的一个方面。许多乡土题材的儿童故事里，我们常会看到一些孩子在很小的年龄就成了大人，他们总是忧心着生存问题：怎么赚钱，怎么为家庭获取食物，怎么分担家庭负担，他们的所做所想跟大人一样。在城市题材的儿童小说中，我们可能会感到儿童更像儿童。这两类写作放在一起，构成了中国儿童文学和童年更完整的景观。

汪海岚：中国是一个很大的国家。即便在英国这样的小国，城市里的孩子也并不都想了解乡村孩子的生活，反之亦然。所以有更多书籍可供选择，会更有意思。

（赵霞整理翻译）

"**我想**问问你的人生故事"

——关于中西儿童文学及其批评交流的对话

2020 年 10 月 2 日，赵霞与英国知名翻译家、《青铜葵花》的英译者汪海岚就中国儿童文学的对外翻译、传播及中西儿童文学艺术与批评交流等问题，进行了线上对谈。这里是对谈的第二部分。

中国视角与西方理论

汪海岚：我想问问你的人生故事。

赵霞：我的生活太简单了。我出生在湖边的一个小村庄，我的散文集《我的湖》写的就是我的童年生活。长大后，我按部就班地上师范学校、大学、研究生、博士，然后去大学里教书……听上去真的挺无趣的，没有什么神奇的事情，比如经历黑暗后复活，或者冒险什么的。现在，我一面做儿童文学研究，一面写作。我在2020年出版了一本图画书《一只蚂蚁爬呀爬》，我是文字作者，插图画家是黄缨。

对我而言，现在尝试写作儿童文学，最重要的意义是它给了我更深的文学感受。当我从写作再回到儿童文学研究，回到我想要观察、谈论和探索的文学现象时，我感到我对文学有了更深刻的认识，对于文学之于今天的孩子以及我们每个人的意义有了更深刻的体认。很多年来，我一直在问自己，文学在今天的意义是什么？当人人都在谈论体面的工作和薪水时，阅读文学作品的意义何在？幸运的是，我从事这一领域的时间越长，越是热爱它——不仅是儿童文学，而是所有文学。

《一只蚂蚁爬呀爬》
赵　霞／文
黄　缨／图
安徽少年儿童出版社

汪海岚：在剑桥的一年里，你的主要研究工作是什么？其应用价值是什么？

赵霞：这是不寻常的一年，但我还是从中收获了很多。我在剑桥主要是做我个人的一个国家社科基金项目——当代西方儿童文学理论批评研究。

汪海岚：是你个人的项目，还是一个课题的子项目？

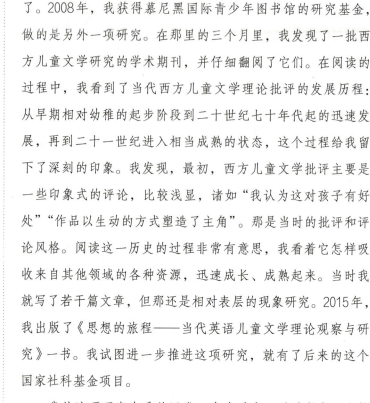

赵霞：是我个人的项目。我对这个课题感兴趣有十多年了。2008年，我获得慕尼黑国际青少年图书馆的研究基金，做的是另外一项研究。在那里的三个月里，我发现了一批西方儿童文学研究的学术期刊，并仔细翻阅了它们。在阅读的过程中，我看到了当代西方儿童文学理论批评的发展历程：从早期相对幼稚的起步阶段到二十世纪七十年代起的迅速发展，再到二十一世纪进入相当成熟的状态，这个过程给我留下了深刻的印象。我发现，最初，西方儿童文学批评主要是一些印象式的评论，比较浅显，诸如"我认为这对孩子有好处""作品以生动的方式塑造了主角"。那是当时的批评和评论风格。阅读这一历史的过程非常有意思，我看着它怎样吸收来自其他领域的各种资源，迅速成长、成熟起来。当时我就写了若干篇文章，但那还是相对表层的现象研究。2015年，我出版了《思想的旅程——当代英语儿童文学理论观察与研究》一书。我试图进一步推进这项研究，就有了后来的这个国家社科基金项目。

我从这项研究中受益匪浅。在我看来，通过考察、比较当代西方与中国儿童文学理论与批评的发展历史，我们可以从中学到很多经验。例如，儿童文学批评如何融入更大的文学批评语境。过去许多人倾向于认为，儿童文学很简单，谈论它也是一件容易的事情，好像每个人都能评价一本儿童读物对儿童来说是好还是不好。但对于文学经典，比如《等待

《思想的旅程——当代英语
儿童文学理论观察与研究》
赵　霞／著
江苏凤凰少年儿童出版社

戈多》，我们的理解就离不开专业的解释。当代西方儿童文学理论与批评的历史让我看到，如何以学术的方式，从批判的视角，包括从其他各种角度谈论儿童图书。这么做之前，我们首先需要学习如何以学术的方式谈论儿童文学作品。当然，最后我们肯定会超越纯学术的探讨，进入背后更深层的普遍问题，但首先离不开这个过程。

中国儿童文学批评也正在经历这个过程，我们可以借鉴西方的经验。我自己也一直在学习西方的儿童理论和儿童文学理论。最初，你会感到理论术语和构想有时太"高冷"了些。但当你发现一本看上去十分浅显的儿童图书，比如图画书《母鸡萝丝去散步》，在理论的解剖和发掘之下，原来包含了如此丰富深刻的内涵，你会感到震撼。有时，我也会跟我课堂上的本科生们讨论这本图画书。第一遍读完，大家都觉得这个故事挺好玩，也很容易。接着我们开始进行分析。这个过程中，理论带领我们深入文本，大家会惊讶地发现在儿童故事简单明了的语言和画面里，充满了文学和文化的丰富符码，引人入胜。我认为这也是文学研究的重要意义。通过研究，我们可以探询文本中隐藏的含义和代码。从理论而不仅仅是印象阅读的角度看待和研究童书，会使我们对于如何阅读儿童文学，如何理解其特定的文学、语言和文化内涵有更多的了解。在儿童文学的简单里，有着与任何其他种类的文学一样深刻的内涵。我愿意相信，儿童文学具有与所有其他文学一样的高度，最好的儿童文学也是最好的文学。

但是，我需要从内心深处说服自己，而不仅是把它当作一个概念来谈论。我花了很长时间来为自己证明，最好的儿童文学也是最好的文学，而且是以它自身独特的方式存在。现在，我觉得我做到了，至少对我自己而言。研究儿童文学非常有趣。当然，只有从那些最优秀的儿童文学作品中，才能体会到最高级的魅力。我没有特别大的野心，比如说，通过研究儿童文学为这个国家或全世界的儿童实现某项伟大的事业，那是后面的事情。首先，我得让自己确信，阅读和研究儿童文学非常有趣，很有意义，对我来说这很重要。因为只有当它对我而言有意义时，我才会相信它对其他人和所有孩子有意义。

说到我目前正在从事的西方儿童文学理论与批评研究，中国人有句俗语，当局者迷，旁观者清。我一直在从旁观者的角度观察西方儿童文学学术界的历史、发展以及当下的状况。它的发展令我印象深刻。但是，通过这样的观察和思考，我也发现了一些问题。我跟剑桥大学的同行们曾经谈论过这些问题，有些学者也有相同的感受。比如，在过去的二三十年间，尤其是2000年以来，西方儿童文学研究迅速发展壮大，但其关注的点几乎都集中在文化研究上。文化研究对于儿童文学研究非常重要，对于解码任何种类的历史和当代儿童文本也都具有启发性，这是一项重大贡献，但我仍然认为，这其中也存在问题。我对儿童文学的了解越多，越是觉得文化研究大大促进了儿童文学的研究事业，但它不能涵盖儿童文学研究的全部。有学者从文化研究的立场出发，认为儿童文学阅读中的沉浸阅读非常不好，因为这么一来，你就会被它所塑造，永远无法进行批判性阅读。但我认为，如果仅仅以文化研究的方式进行思考或研究，我们会失去文学非常独特的力量。文化研究从女权主义、种族主义等视角重新考察儿童文学，尤其是重新反思许多传统文本、经典文本，比如《爱丽丝漫游奇境记》等，卓有成效。尽管如此，我们还是不该放弃阅读儿童文学和阅读文学的乐趣。因此，我们还需要寻找新的路径。在我看来，这是当代西方儿童文学研究面临的一项非常艰巨的任务和挑战。

在中国，情形似乎恰恰相反。我们非常重视美学分析，重视儿童文学文本带来的审美感受。人们会说，如果一本童书深深地打动了我，那么它一定是一本非常好的书。我认为这种观点也存在某种危险。因此，中国的儿童文学研究也需要向西方同行学习。除了所谓的纯文学的阅读方法以外，阅读儿童文学还有很多视角。从不同的视角看待童书，我们会对文本有更深刻或更成熟的判断。近年来，在中国，曹文轩、杨红樱和沈石溪的儿童文学作品引起了一些争议，我认为问题的根源之一，可能是我们以往只从一个单一的角度谈论儿童文学作品。我们需要多重视角，艺术的、文化的，还需要将这些视角结合在一起，来对童书进行重新评价。

汪海岚：我不是儿童文学专家。今年年初，我受邀撰写一篇关于中国儿童文学英译的文章，尤其意识到这一点。我的经验与你刚才所说的有关。我一试再试，但是每次尝试下笔时，思绪总会以这样或那样的方式滑走。我想问题在于，无论是在我自己的文化语境还是在中文语境里，我在儿童文学这个领域里站得都不够坚实，所以不知道该怎么写。首先是缺乏知识，其次是我还没有掌握这门学科的学术体系和话语体系，所以我感到吃力。我后来找到了解决的办法，就是跟陈敏捷合作。她是一位学者，在这个领域扎根很深，而我则可以从翻译实践的角度来撰写。这样的合作很棒，因为我们可以相互补益。这对我来说是非常好的经历，我也从她的写作过程中受到启发。

赵霞：中国儿童文学的确是一个很大的话题。

中西儿童文学及其批评的对话交流

汪海岚：我想了解更多你在剑桥与国外同行的交往情况。你一直在探讨文化研究和美学研究等问题，你觉得国外的同行们有同样的兴趣吗？或者，你觉得跟国外同行的交流有意思吗？

赵霞：这个问题非常好。你知道，这取决于对方的研究兴趣。比如，我跟你或蔚芳淑这样对中国儿童文学感兴趣并与该领域有直接联系和沟通的学者交谈，是一种状态。我与剑桥大学的同行交流，随着他们对中国儿童文学的兴趣程度不同而有不同的状态。你刚见过的乔·萨特里夫·桑德斯，他对中国儿童文学非常感兴趣，并且指导了不少来自中国和亚洲其他国家的研究生。我目前在剑桥儿童文学研究中心见到的中国学生，新加坡的学生，几乎都是乔的研究生。乔非常想了解中国儿童文学。最近我们在讨论一本中国图画书《团圆》，该书已有英文版本。不论是谈论西方理论与批评还是中国儿童文学，我们的交流都非常融洽。跟其他同行交流的话，大多数主题会集中在西方/英语儿童文学上，但沟通对话也很顺畅，或许是因为我自己对西方儿童文学理论与批评有些研究和了解。因为疫情，我没有办法跟这里的同行们开展更多面对面的讨论。我参与了研究中心的一些活动，但没能见到所有的同事。除了与乔的对谈是在封锁之前的一月进行的，我跟凯伦·科茨，还有蔚芳淑的，大多是在线交谈。

汪海岚：我对这些对谈很感兴趣。当我们从不同的起点讨论事物，会很有意思——方法不同，解释不同，对话展开的方式也可能不同。

赵霞：我跟蔚芳淑的对谈，由我译成中文，发给芳淑校阅。只是稿子很长，目前我还在处理。

汪海岚：我很感兴趣。但我也想知道英语学术界对中国儿童文学了解多少？哪怕只是跟中国儿童文学的学者进行初步的对谈。也许你会觉得对谈比较简单，或者有些笼统，但对于这里的人们来说，这可能是一个很棒的介绍。他们可以通过自己的语言来了解你在做些什么。这样，下一步的行动才有可能。所以，即使工作量很大，还是值得的。

赵霞：你提到要把中国儿童文学介绍给西方世界，包括中国儿童文学理论与批评，这么看的话，我现在正在做的项目可能有点儿单向。我的目的首先是想为中国儿童文学理论与批评的发展提供西方经验的借鉴，这也是为什么我用中文发表这些文章的原因。这些对谈，我会尽快翻译并发表，因为在我看来，这些话题可能给中国的研究人员和读者、作家带来一些启发。但是，从另一个角度来看，要将中国的理论与批评带入西方世界，我认为你是部分地站在中国儿童文学的一边，因为你从事中国文学的英译，对中国作家和研究者们的工作感同身受，但是，对于其他研究人员……我发现如今大家都很忙，在大学里，每个人都有自己的项目和研究兴趣。也许有人对另一个国家的儿童文学研究有了解的兴趣，但是出于语言的限制，这种兴趣是非常有限的。这是我的印象。我认为这就像中国与西方世界之间的大多数交流一样。多年来，中国的文化，包括文学，一直在吸收西方世界的营养。但是，从另一个方向看，也许我们仍然需要时间，等待西方世界对中国学术发生兴趣，特别是对中国儿童文学及其研究这样的特殊领域感兴趣。从过去到现在，中西方沟通一直存在不平衡。我也希望我的努力能对此有所改变，但我不确定目前是否可以解决这种不平衡的问题，因为语言的障碍确实很大，这是一个屏障。

汪海岚：如果你希望我或者其他人在这方面做某些事情，你最希望我们做什么？

赵霞：我想，还是翻译中国儿童文学作品，向西方读者介绍最优秀的中文儿童读物以及中国儿童文学的现状吧。你现在正在做的这些事情就是最重要的事情。当然，可以做的事情还有很多，比如宣传推广，这对促进文学传播和文化交流也非常重要。但我内心深处仍然认为，将优秀的中国儿童读物翻译成优秀的作品，是将中国儿童文学介绍给西方世界

《有鸽子的夏天》
刘海栖／著
山东教育出版社

《我是白痴》
王淑芬／著
二十一世纪出版社

的最佳方式。就个人而言，我对宣传推广之类的活动不大熟悉。露西亚·奥比告诉我，你曾为了决定选择翻译什么书，专门去慕尼黑国际青少年图书馆查阅这些年入选"白乌鸦书目"的中国图书。从中可以看出你对待儿童文学翻译的态度，以及你的责任心和才华。中国儿童文学很难找到像你这样的翻译家了。过去的一段时间，在中国本土作家获得诺贝尔文学奖之前，人们一直在谈论翻译的问题，因为它是如此重要。没有翻译，域外对中国文学和中国儿童文学将一无所知。而通过翻译，尽管不能保证域外读者就会喜欢中国儿童文学，但至少他们会对中国儿童文学了解更多。因此，翻译的角色非常重要，甚至是决定性的。我认为，最好的途径就是选取最优秀的中国儿童文学作品进行翻译。

比如刘海栖的《有鸽子的夏天》，在我看来，这是近年来中国最棒的儿童小说之一。作者刘海栖原来主要是出版人，近年来，他卸下出版工作的重负，开始潜心写作。这部小说跟他自己的童年经历有关。小说写得非常好，尤其是语言及其传达的生活体验，真实而动人，并且有一种特殊的粗犷风格——我称其为审美的粗犷。孩子有时就是用这样的粗犷来感受世界的，因为他们还没有学会使用精致的语言。刘海栖精准生动地捕捉并表现了这种感觉。我很喜欢这部小说。还有另一本书，是中国台湾作家王淑芬写的儿童故事《我是白痴》，这是从一个智障儿童视角讲述的故事。我对这本书评价很高。现在在中国，每年出版的儿童读物数量很多，但真正优秀的只是少数。我认为，不仅在中国，世界各地都是这种情况。因此，要选择最好的作品进行翻译。我相信，通过你的翻译，这些作品也许会引起人们更多的关注，包括促使国外读者（至少是国外研究者）看到中国儿童文学正在追求或具有的独特的审美观念与面貌。

译本的阅读，很难去谈论语言本身，但是即使经过翻译，我们也应该能够看到原著的语言和故事的水平，看到作者对童年的思考方式，对童年以及对人的理解深度。过去十年间，我认为中国儿童文学作品已经深入到这些问题的表现与思考。尽管这方面代表性的作品数量并不多，但仍然非常重要。

我们还看到了儿童小说对历史的重写和重思，例如黄蓓佳的《野蜂飞舞》。那是一本试图为儿童重写历史的书，向孩子们讲述了过去的战争年代，包括抗日战争。旧时的战争题材儿童小说，多是英雄写作，故事里总有一个孩子无所不能，甚至可以凭借一己之力对战一群敌人。今天的作家正试图从儿童视角重新书写历史，重新审视现实，以探索如何与儿童谈论历史和战争。战争是如此残酷，我们该如何跟孩子谈论它？我们无法向孩子掩盖这一切，更不应该对孩子说谎。战争显然不是浪漫的，但是在战争中，除了仇恨，是不是还有些什么？我们憎恨战争，有时却不得不参与战争，并决定身在其中该怎么做。而且有不同性质的战争。那么，我们该如

《野蜂飞舞》
黄蓓佳／著
江苏凤凰少年儿童出版社

何看待这些战争，如何理解战争中的人民和战争中的孩子，这是目前正在进行的一种探索。我期待着近些年会出现更好的成果。

我有时会想，这些书对于西方研究者来说，可能提供了一个丰富的话题，如果他们对中国儿童文学感兴趣的话。如果人们有时间阅读近几十年来在中国出版的最优秀的儿童文学作品，也许他们会对中国、中国文化和中国儿童文学，产生完全不同的印象。

（赵霞整理翻译）

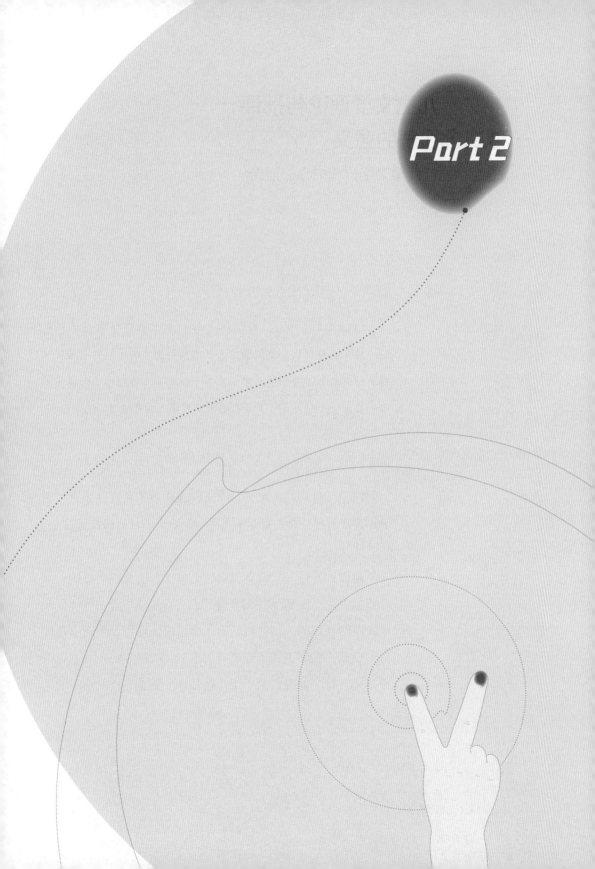

Part 2

西方儿童文学理论与批评：一种观念视角的意义

——在剑桥大学儿童文学研究中心的报告

2020年4月29日，应剑桥大学儿童文学研究中心主任凯伦·科茨教授邀请，赵霞围绕自己在剑桥大学访学期间的研究项目及相关成果，为剑桥大学儿童文学研究中心师生做了一场学术报告并进行了交流。以下是根据录音整理的报告内容。

凯伦·科茨：大家好。今天，让我们热烈欢迎来自中国的赵霞副教授为我们做学术报告，也欢迎各位的到来。

赵霞：各位好！很高兴有机会来谈一谈我在剑桥的一部分研究内容。我是从2008年起对西方儿童文学理论与批评产生浓厚的兴趣的。当时我获得了慕尼黑国际青少年图书馆的研究资助，在那里做了三个月的研究。那时，就在我的办公桌附近，有一排很大的书架。在那排书架上，我发现了若干种西方重要的儿童文学学术期刊的全套合订本，包括《儿童文学》（*Children's Literature*）、《儿童文学学会季刊》（*Children's Literature Association Quarterly*）、《狮子与独角兽》（*The Lion and Unicorn*）等。另外，我还在图书馆里发现了《教育中的儿童文学》《书鸟》（*Bookbird*）等学术刊物的合订本。

完全是出于好奇心，我开始阅读其中一些早期的刊物。我还清楚地记得翻读《儿童文学》最初几卷的感觉——如果只是阅读关于这段历史的某种介绍，你也许永远不会有这种感觉。那时，我刚完成了杰克·齐普斯（Jack Zipes）《作为神话的童话／作为童话的神话》（*Fairy Tale as Myth / Myth as Fairy Tale*）一书的中文翻译，在我看来，齐普斯此书代表了当时西方儿童文学理论与批评的某种现状和水平。但是，当我翻开《儿童文学》的早期几卷，我发现，大概就在一二十年前，西方儿童文学理论与批评还是一个很不成熟的领域。继续阅读下去，我感觉自己正在走进一段极富戏剧性的历史。观察西方儿童文学理论与批评如何在相当短的时间内，迅速克服其早期的幼稚形态，进入蓬勃的发展时期，确实令人感到震撼。

《作为神话的童话／作为童话的神话》
杰克·齐普斯／著
人民邮电出版社

随后若干年，我一直保持着对这一研究话题的兴趣，也发表了一些研究论文。2015 年，我出版了《思想的旅程——当代英语儿童文学理论观察与研究》一书。那其实还是一个比较初步的研究。在书中，我对近四十余年来西方儿童文学理论与批评的发展给予了自己的评价，同时也表达了我对这一领域当时的某种发展态势的忧虑。当时，西方儿童文学研究界正热烈地拥抱文化研究，它成了某种压倒性的研究模式，在我看来，这种趋势可能会导致其研究陷入某种僵局。那个时候，我还没有看到它的出路何在。

但是不久之后，我就修正了我的想法。在随后的阅读中，令我吃惊和着迷的是西方儿童文学研究界如何不断突破自我，持续深入发展，拓展着我们对儿童、童年和儿童文学的思考。这就是为什么它会成为我目前正在从事的研究课题，这也是我来到剑桥访学的原因之一。2016年，我申请到了一个中国的国家社会科学基金项目，题目是"当代西方儿童文学理论批评研究"。我想通过这个项目，进一步拓展、深化自己有关西方儿童文学理论与批评的理解和研究。

正如我之前所说，"西方儿童文学理论与批评"的说法，只是作为一种研究观念而存在。它是一个被构建出来的概念。或者，我们可以称其为一个总体性的一般概念。我用这个概念，特指以英语世界为主导的西方儿童文学理论与批评。这或许不够简洁准确，但为了研究的开展，我们总是需要先提供一个概念及其定义。当然，在当今的后现代文化背景下谈论一个一般性的概念，也不无危险。身处后现代文化，我们倾向于鄙视任何针对我们社会、文化、个人的虚假的总体想象。而我以为，只有在满足以下条件的前提下，使用这样一种观念性的视角或者一种总体性的观念，才是合理的。首先，假设通过采用这一视角可以帮助我们实现某些重要的发现。其次，我们时刻认识到这一总体观念内在的复杂性。我知道这很冒险。但我越是深入下去，越是感到从中获益良多。我愿意跟大家一起来分享这些想法。

　　首先，我想谈谈运用这一考察视角的优点。当我说"优点"，我的意思是，通过使用这个一般性的概念，可以增进我们对西方儿童文学理论与批评的了解，甚至发现不采用这个概念就无从发现的内容。通过这个概念，我们可以更好地理解西方儿童文学理论与批评发展的一般线索。同时，它也可以帮助我们进一步理解，为什么需要谈论特定的作品、作者、现象或某个发展时期？当我们从更广阔的角度来整体性地看待某个对象，或许会得出一些不同的意义，或者发现某些特别的内涵。

　　所以，我要说的是，从整体视角谈论西方儿童文学理论与批评，是一次不无危险的冒险，因为它是一个如此庞大的主题，一个如此复杂的对象。但是，让我把这场冒险大胆地进行下去吧。我认为有两条线索可以用来理解西方儿童文学理论与批评的整体发展。一条线索是儿童观念，另一条线索是方法论。

　　先说第一条线索。不论是谈论儿童文学还是儿童文学研究，我们都会从儿童观念这个问题开始。可以说，是现代儿童观念的发明，带来了现代儿童文学的诞生。儿童观念的变迁也带动着儿童文学及其理论与批评的发展。根据我的观察，近半个世纪以来（我的考察主要集中在近五十年，我认为这是西方儿童文学研究最重要的发展阶段），西方儿童文学理论与批评的演进，沿着从"可知的儿童"（knowable child）向"不可知的儿童"（unknowable child）的观念线索发展。西方儿童文学理论与批评是一个进程，有其历史的铺垫和准备，但我在这里试图指出它的起点，虽然是人为的起点。为了进行研究，我们常常需要寻找一个起点。我把这个起点设定在莎拉·特里默（Sarah Trimmer）身上。在西方儿童文学研究的早期历史阶段，我认为莎拉·特里默是最具代表性的评论家之一。当她在十九世纪初的《教育卫士》（The Guardian of Education）杂志上写下那些童书评论的时候，尽管它与我们今天所说的学术评论不是一回事，但它们实际上开启了西方儿童文学批评的现代进程。从那时起，整个十九世纪，直至二十世纪初，批评家们就儿童观念持有的基本态度，是视儿童为一类"可知"的对象，有待我们去理解。我们试图了解儿童的语言，并据此来把握"儿童"一词的内涵。我们试图了解关于儿童的一切，并且相信，终有一天，我们将获知关于儿童的一切。这就是为什么我们会读到像尼古拉斯·塔克（Nicholas Tucker）的《什么是儿童》（What Is a Child?）这样充满自信的著作的原因。以今天的眼光来看，这个课题实在太过雄心勃勃，认为通过研究儿童，研究儿童文学，我们就能了解关于儿童的一切。这实际上是西方儿童文学研究在其早期阶段就持有的一种儿童观念。

而西方儿童文学理论与批评演进的一个非常重要的线索，就是从这个"可知的儿童"的观念出发，不断探寻着另一个"不可知的儿童"的观念。真正的儿童并不那么简单，也不那么天真，远非一望即知。即便阅读过大量儿童研究的文献，关于儿童、儿童文学以及儿童文学的理论批评，仍然有一些地方是不可知的。在我看来，二十世纪八十年代以来，西方儿童文学界最先驱的批评家即致力于指出儿童的这种不可知性（unknowability）。或者说，他们并不真正认为儿童是不可知的，而是使用这样的一个概念来强调"儿童"一词的复杂性。这是第一条线索。

第二条线索，主要是关于方法论的。在近半个世纪的时间里，西方儿童文学研究经历了从文学研究到文化研究的拓展。这里面不仅有方法论的问题，不过，我认为方法论起着非常重要的作用。西方儿童文学界努力将儿童文学从过去的教育学和图书馆学的主要场域拓展至文学批评的场域，使其成为文学研究中得到公认的领域或学科。这对于当代西方儿童文学研究的发展非常重要。西方儿童文学理论与批评转向文化研究，不是说告别了文学研究，没有那么简单。我认为，在二十世纪七八十年代，西方儿童文学研究抓住了自身发展的一个重要契机。其时正值文化研究在西方文学研究中盛兴之时，儿童文学研究投身其中，发现了许多重要的理论资源。借助这一途径，不论是儿童文学理论与批评的能力、水平还是它作为一个学科的地位、状貌，都获得了前所未有的快速发展。

为什么我要谈论这两条线索？我知道，对于理解西方儿童文学理论与批评这样一个宏大的话题对象，这样的线索无疑显得太过简单了。但我同样在想，通过运用这种一般性的线索，我们或许会对这个话题的过去、现在和未来有更多的了解。面对其中的某部著作、某个现象，这一视点也可以为我们提供有益的参考。

比如，谈论近五十年来的西方儿童文学研究，大家都会说到杰奎琳·罗斯（Jacqueline Rose）那部有争议的著作《彼得·潘案例，或论儿童虚构文学的不可能性》（ *The Case of Peter Pan, or the Impossibility of Children's Fiction* ）。这本书出版于1984年。记得我第一次读到它，还是十多年前在慕尼黑的时候。我惊呆了，它看上去就像是某个突然蹦出来的思想，我不知道它从哪里来，往哪里去。随着我对西方儿童文学理论与批评的了解日益加深，尤其是，当我试图梳理它的历史发展的一般线索时，我才发现，某种程度上，罗斯的这本书是这个历史过程中的必不可少之物。即便没有罗斯，我认为一定也会有其他人写出类似的著作。

从历史的角度来看，这本书是西方儿童文学理论与批评从前一阶段走向后一阶段的具有标志性、代表性的著作。一旦我们透过更广泛的语境和更普遍的历史来看待西方儿童文学理论与批评，再读罗斯在她的著作中就儿童小说所做的令人震撼的诊断，我们就会知道，这些思想和观念是有来处和去向的。这是西方儿童文学理论与批评发展的一个阶段。当我意识到这一点的时候，它带给我极大的愉悦。我想这也是理论思考和发现能够带来的独特的愉悦。

为什么要使用一种观念性视角来考察西方范围的儿童文学理论与批评？我还想跟大家分享一些历史细节的有趣发现。对西方儿童文学理论与批评来说，英语世界无疑是最重要的场域，而且构成了整个西方儿童文学研究的主流和主要部分。但显然还有别的部分，别的声音。我在前面说了，西方儿童文学研究最初是从教育研究的模式转向文学研究的模式的，这一转向在我看来非常重要。它发生在二十世纪初，那时候出版了一些著作，也有不少评论家站出来强调儿童文学的文学意义，也就是强调儿童文学不仅是出于教育目的而存在的一种文学，更重要的是，它有文学自身的目的。它的文学身份应该是它的首要身份。我们由此听到了呼唤、肯定儿童文学的娱乐功能的声音，随后就有了著名的"教育—娱乐"的二分法。对于儿童文学的娱乐功能的认可与强调，这在西方儿童文学及其理论批评发展史上是十分重要的节点。这一阶段的标志性成果，有哈维·达顿的《英格兰童书——五个世纪的社会生活》、保罗·阿扎尔的《书，儿童和成人》以及李利安·H.史密斯的《欢欣岁月——李利安·H.史密斯的儿童文学观》（ *The Unreluctant Years: A Critical Approach to Children's Literature* ）等著作。这些批评家们尝试探讨儿童文学作为文学的本质、内涵与精神，这是非常重要的转向。

而当我把目光转向相近时期的德国儿童文学时，我发现了不同文化之间有趣的对位和比较。从总体上看，不论英语还是德语的研究，都是西方儿童文学理论与批评的一部分。我从其中发现了共通的线索。在相近时期，德国儿童文学批评界也在致力于推动儿童文学批评从教育主义向着文学批评的方向转折。那时的德国先锋儿童文学评论家海因里希·沃戈斯特（Heinrich Wolgast）出版了一部在德国儿童文学界很有影响的著作，书名叫《我们儿童文学的不幸》（ *Das Elend Unserer Jugendliteratur* ）。这本书出版于1896年。书中，作者沃戈斯特提出的一个重要观点："儿童文学作品应该是一件艺术品"，与稍后达顿、阿扎尔、史密斯等评论家的观点构成了一种呼应，即儿童文学批评不应该只关心儿童文学作品的教育目的，而应关注其艺术内核与自由精神。我们从中可以看到一种对儿童文学的独立身份的呼吁，一种类似于"为艺术而艺术"的儿童文学自由精神的张扬。这就是为什么英语世界的儿童文学批评家这么重视儿童文学的娱乐功能。儿童文学的价值是什么？是一种享受，一种内在的愉悦，而不必过

《我们儿童文学的不幸》
海因里希·沃戈斯特／著
凯辛格出版社

多地谈论其教育功能。我发现，沃戈斯特也强调这种儿童文学的文学性，而且就此对过去的儿童文学作品和观念提出了批评；但不同的是，他并不强调儿童文学的娱乐功能，相反，他批评这种娱乐功能。他提出，自从启蒙时代儿童文学作为一种特别的文类诞生、独立以来，人们开始为儿童出版各种各样的图书，其目的则只是为了娱乐儿童，这种观念和做法导致了大量以儿童文学为名的垃圾作品出版。人们没有意识到，儿童文学究其根本应该是文学。

这里面有着鲜明的矛盾。达顿等学者强调儿童文学的娱乐性，实际上是强调儿童文学的文学性和儿童文学作为文学类型的独立性。但在沃戈斯特这里，强调儿童文学的文学性，恰恰需要警惕儿童文学的娱乐性。在我看来，他们谈论的既是同一个娱乐性，又不是同一种娱乐性。那么，儿童文学的娱乐性到底是什么意思？怎样思考、理解这种娱乐性呢？当我深入历史的细节，发现这一切十分有趣。通常，我们倾向于把历史读作"发展史"。比如，谈到儿童文学的历史，我们通常会沿着这样一条发展的线索：起先，儿童文学是没有独立性的；接着，它获得了独立性，这是一种发展或者说进步；然后它继续发展，试图张扬它自身的目的，肯定为文学自身而创作、阅读。但真正的历史并没有这么简单。

我曾给研究生开过一门"中外儿童文学史论"的课程。在准备和讲授这门课程的过程中，我发现，我们谈儿童文学，往往是从史前状态谈到现代儿童文学观念与文类的兴起以及随后的发展，这就是儿童文学史的演进。但它不是简单的进化。就像沃戈斯特所说的那样，当儿童文学从它所属的那个更广大的文学世界里独立出来时，它失去了某些东西；当它成为儿童文学的时候，恰恰也变成了非文学的。所以，到了二十世纪，有了对儿童文学的文学维度与文学转向的强调：一方面，儿童文学是一种自为的文学，有其自身的乐趣；另一方面，它又始终是一种文学。这意味着，儿童文学（包括儿童），作为一种观念，包含了永恒的矛盾。

其次，作为一名中国儿童文学研究者，我考察和研究西方儿童文学理论与批评的站位，也不可避免地是某种中国站位，这是一个我不能否认也不应否认的事实。这一点也很有意思。我对西方儿童文学研究的发展非常感兴趣，但在研究它的过程中，又总想着中国儿童文学研究，并且难免会在两者之间展开比较。将两者进行比较并不简单，因为它们分属如此不同的系统。但是，我们谈论的是同一个儿童文学。同时，从总体上看，西方与中国儿童文学研究的发展又各有自身的节奏与特点。例如，我谈到的西方儿童文学研究的文化研究转向。我认为这个转向非常重要，对于西方儿童文学研究的发展极具意义，而且成果丰硕。它鼓舞了整个儿童文学研究。近年来，一部分西方儿童文学理论著作也被翻译成中文，包括凯伦教授的《镜子与永无岛——拉康、欲望及儿童文学中的主体》。中国的儿童文学研究者对于西方儿童文学研究的这种重要趋向也在日益了解。但我想说，尽管文化批评或文化研究成为近一二十年来中国儿童文学研究的新趋向之一，但主要是将儿童文学同时看作一种儿童文化意义上的对象；它从来没有演进为一种具有普遍性和压倒性的针对儿童文学作品的激进政治解读。

这一现实是许多因素造成的。不同的观念、文化以及其他各种差异，使文化批评没有在近一二十年为中国儿童文学研究界热情接受。但这之间也没有绝对的鸿沟。实际上，中国学者正在尝试吸收文化研究的某种内在精神，来思考当代儿童文学。比如近年来，针对中国作家、国际安徒生奖作家奖得主曹文轩的儿童文学作品，在评论界引发了一些争论。争论的话题之一，是作品中的女性描写。有段时间，人们的讨论非常激烈，这说明大家越来越注意到这一点。不过，这种讨论并没有被推向性别政治的极端。一方面，我们意识到，曹文轩（也包括其他一些作家）作品中的性别描写存在着某些可以探讨的问题；另一方面，我们也强调，文学不只关乎政治的因素，还关乎审美，关乎作品以何种语言的方式打动我们。

每当谈到这个话题，我总会想起我最喜欢的作家之一查尔斯·狄更斯。我在大学本科阶段曾经通读过英文版的狄更斯小说。一个十分有意思的现象是，当我阅读狄更斯的小说时，我发现，他的作品几乎都可以成为女性主义批评的靶子。比如狄更斯笔下那些作为完美典范的女性形象，像《荒凉山庄》(Bleak House) 的女主角之一艾瑟。我不愿意成为那样的女性，但小说本身又是那样打动我。作为读者，我既深深地卷入到这种作品带来的感动中，又想要对它进行反思。我想，对文学批评来说，这两种情感和态度都是重要的，都等待着我们更深入地理解。

从总体性的视角考察当代中国和西方的儿童文学理论批评，或许可以说，当代西方文学批评格外看重的文化批判元素，与当代中国文学批评相对比较重视的审美欣赏，实际上构成了儿童文学批评的两个基本要素。儿童文学既是文学，也是文化。在不同的批评体系里，给予这两者的关注度不同，造成了批评面貌的不同。但从总体上看，两者对于批评都不可或缺。

最后，关于为什么要对西方儿童文学理论批评这样一个宏大的话题进行观念的概括。我想说，这么做的确充满难度，因为个中的复杂性给概括和探讨本身带来了巨大的困难，甚至是不可能的。可以说，每当我尝试对西方儿童文学研究进行某种概括时，几乎总能找到与我的概括相悖的内容。这实在令人沮丧。但现在我可以从容地接受了。如果说，我们在做理论概括的时候，总会同时面临对立的观点或问题，那么，这种概括到底有什么价值？或者说，归纳与观念的用途是什么？理论概括的目的并不在于将对象简化为一般性的规则或观念——尽管它必须如此去做，但这并非理论概括的最终目的——它的目的是从一种可能的总体视点来看待、考察、理解其中的每一个部分。我在这里尝试借用匈牙利哲学家乔治·卢卡契（Georg Lukács）的总体性理论。借助总体的视角，更好地获知对象的过去、现在与未来。所以，理论概括最大的乐趣绝不在于简化，它是用来帮助我们更完整透彻地理解某些对象，并且在这样的理解中深刻地意识到，我们所有的思想和文化都充满了裂隙。这些裂隙也是我们思考和感觉的必要和重要的组成部分。

我的博士生导师徐岱先生曾经谈到这样一个观点：对于人文学科来说，一切话题都被思考过、谈论过，我们今天所尝试的，只是寻找新的方式来谈论它们。那么，我们能寻找到那个新的方式吗？这个方式对于当下这个时代有意义吗？从总体性的视角来看，这些思考就得到了进一步的强调，但同时也应该看到，我们谈论儿童文学、谈论儿童，就像我们谈论文学、谈论人一样，是在谈论许久之前已被提出的话题。那么，我们能否找到一种新的方式，来为这种谈论添砖加瓦？从总体性的视角来考察和探索，我们就不会只把目光局限于某一个单一的对象或问题，而是关注其中的所有元素，所有与人、人的文学以及生命存在相关的一切事物，不论它倾向于乐观还是悲观。

这就是我想与大家分享的话题。

结束之际，请允许我借此次演讲的机会，向所有人表达我的谢意。谢谢你，乔。谢谢你，凯伦。谢谢尼克。谢谢大家。你们的善意和帮助让我在剑桥大学的访学生活充满了温柔的暖意。我知道，今天在座的也有我们的研究生们。在乔和凯伦的课堂上，我和你们一起度过了那些愉快的时光。现在，我特别想对你们说，若干年前，我也是你们中的一员，我深知为了攻读学位，你们付出了非常艰辛的努力，现在，这份艰辛里又添加上了一场百年一遇的新冠疫情。我完全理解此中的艰难。但我也想说，从总体性的视角来看，这只是我们人生中的一个阶段，是我们每个人历史中的一个片段。等若干年后，当你回顾这段时光，才会知道它对你来说真正意味着什么。所以我想说，请不要感到太沮丧，请尽最大的努力，从看上去最坏的境况中实现最大的收获。也许有一天，当你回想这些日子，会领悟到它对你真正的意义，以及在此期间你为自己创造的一切。

我向大家致以最美好的祝福。谢谢。

凯伦·科茨：非常感谢。接下来是提问时间。谁有问题，可以按下举手按键。

谈凤霞（南京师范大学教授）：我想先表达谢意，你谈的话题很棒，也很难。你提到将西方的理论搬到中国儿童文学批评中的危险，我深有同感。我也在思考这个问题，而且发现了许多困难。同为中国儿童文学研究者，我同意你的许多观点。这段时间，我正在翻译凯伦·科茨的《布鲁姆斯伯里儿童与青少年文学导论》。在这本书的第三章，凯伦提到了寻找研究路径的问题，跟今天你的演讲话题也有关。在我看来，寻找路径的一个重要因素是语境，历史、社会、文化、经济、种族，以及其他一切。所以我们在运用特定的理论时，需要特别小心。我现在做的课题是"欧美华裔作家的儿童文学作品研究"，关注其中的多元文化问题。刚才我在听的过程中，突然想到了一个比喻，对于中国儿童文学研究来说，西方理论就像是窗子和路。透过窗子，我们可以感觉到温度、风力、风向等；通过路，我们则可以看到风景或目的地。但我们始终需要小心谨慎，关注理论的运用是否恰当。有时我们沿着一条路走，会发现新的岔路口，或是穿过它，走上另一条道路。凯伦也提到，做儿童文学批评，需要关注多元性。

我发现，近些年来，儿童文学研究界发明了一些观念，有些研究者也通过将不同的理论相糅合，寻找新的路径。2015年，我曾经邀请澳大利亚麦考瑞大学学者约翰·斯蒂芬斯教授到南京师范大学讲学。记得在一场讲座的最后，斯蒂芬斯教授提出了一个很有意思的观点，他认为，对儿童文学研究来说，一个富于潜力的方法就是概念整合。玛丽亚·尼古拉耶娃就提出过"成人规范"（aetonormativity）这样的整合概念。我认为，通过把不同的概念加以整合，我们或可发现新的方法路径。我自己也从这个方法中受益良多。你刚才提到了研究的文化语境问题，我认为很重要。那么，你怎么看待这种概念整合的方法？

赵霞：谢谢凤霞老师。非常高兴在这里相见。我认为，概念整合是一种研究方法，或者说一种方法论。我想这也对应了我刚才说的，在人文学科，没有不曾被谈论过的对象，只是研究和探讨的方法不一样。我想概念整合本身是个好方法，但我们在运用它的时候，也要始终记得方法本身不是终点，也不是最终的目的。通过方法，我们试图表达思想。比如你刚才提到的玛丽亚·尼古拉耶娃的"成人规范"，我认为这个概念诞生于西方儿童文学批评界开始对儿童——不论是隐含的、真实的、历史的、未来的或其他任何儿童——的存在状态给予关注的潮流之中。我也读到了跟这个概念所指相近的许多阐说。通过运用这样的概念，其功能之一是带来新意，从而引起人们更多的关注和倾听。但与此同时，始终不应该忘记通过这样的概念，我们想表达的究竟是什么。尽管我运用了一系列的概念来展开研究，但从事这样的概念演绎时，再怎么谨慎都不为过。

茱莉娅（剑桥大学儿童文学研究中心博士生）：非常感谢你的演讲。我个人对这个话题特别感兴趣。我完全赞同你所说的西方儿童文学理论批评的整体感。我的问题是，如何将像玛丽亚·尼古拉耶娃的"成人规范"这样的理论，运用到分析儿童文学翻译作品中去，比如分析中国儿童文学的翻译作品。出于个人兴趣，我读了一些中国儿童文学英译作品。最近，我读了一篇中国的短篇儿童小说，题目不记得了。我在想，如果运用西方观念来分析这篇作品，恐怕会把西方目光强加于另一种文化语境和语言之上。比如我刚才说的这篇小说，里面的孩子显然是中国独生子女政策下的孩子，她是整个家庭的中心。玛丽亚·尼古拉耶娃的"成人规范"理论认为成人掌控着儿童，但在这篇作品里，在孩子跟父母的互动中，恰恰是她决定着去哪里、做什么，所以好像并不是那么一回事。可是，因为我用起英语来更称手，知道的中文批评词汇则很少，所以我没法儿从中文的角度去分析这个故事。

赵霞：谢谢你，茱莉娅。你读过《淘气包马小跳》吗？

茱莉娅：没有。

赵霞：这是近十几年来中国最畅销的儿童小说之一。我之所以提到它，跟你刚才说的话题有关。你谈到了把西方概念运用于中国作品的分析（或者反过来也一样）可能存在一定的难度与问题，因为它们背后是两个不同的文化体系。马小跳的故事也碰到了这样的情况。在中国，马小跳的定位是淘气包，但当这部作品英译出去之后，西方读者并不认为这个孩子做的事有多么出格。因为，尽管他一再冲破规则，但最后总会回到规则中去。对中国读者来说，这种冲破已经是突破了，但对西方读者来说，他还是一个生活在规则中的孩子。这里面就有文化的差异。但我的看法是，一个概念被发明出来，并得到许多人的认可，通常说来，它也可以用于分析其他文化中的相关作品。关键是这种运用有不同的层次。对于成熟的批评家来说，他们能够恰到好处地发现理论与文本的结合点。但对于许多尚在学习中的研究者而言，不可避免地会经历某个挥舞理论学说、摆出理论姿势的青涩阶段。我们得经历这样的阶段，才能逐渐走向理论运用的成熟。等到我们能够较好地把握理论与文本间的结合点，面对一个理论，我们也会更明白它的精神核心。这也是为什么我要谈论总体性的问题的原因。从一个普遍的视角看，刚才说的"成人规范"理论，其核心的精神是什么？在中国儿童文学中，人们一样关注儿童的存在状态，关注他们是受到成人压迫还是能自由而充分地发展自我。在这个过程中，我们需要经历一些选择和判断。比如，把西方理论运用于中国儿童文学的分析，你也许得根据其核心精神，对它做出一定程度的转换。

在我看来，这样的理论运用在某种程度上也是理论的发明，就像翻译一样。

茱莉娅：这非常有意义。你是否认为一个批评家，试图分析像我前面提到的那样的中国作品，就得对中国的文化、历史和哲学有充分的了解？

赵霞：理论上是这样的。但我同时认为这是一个过程。就像让我来分析《爱丽丝漫游奇境记》，我会始终感到障碍的存在。我得用很大的努力，才能进入这个文本的文化语境。如果你想做中国儿童文学的批评，当然得了解中国儿童文学生存的土壤。写作也是如此。我读到一些西方作家写的关于中国孩子的故事，有一些是非常优秀的作家，但我还是常常感到，他们写的不是中国的孩子。不论对写作还是批评来说，这其中的难度都是巨大的。

茱莉娅：我们处在一个日益全球化的世界，不知道你怎么看待"文化多元"这样的词。批评家们把"身份混杂"之类的术语运用于批评。读上面提到的这个故事，一方面，我认同故事里的中国文化，但另一方面，我的背景又是西方儿童文学研究，是一种"西方凝视"。我不知道怎么克服这一点。

赵霞：你是说，你会以混杂身份的视角来阅读？

茱莉娅：我只能这样读。

赵霞：这其实是你的财富。很少有人能同时拥有两种以上的文化。我不认为这是缺陷。有时你也许会想在文本中找到一个认同的位置，却怎么也找不到，那是因为你拥有独一无二的视角。如果你是一位普通读者，你可能不喜欢这样的阅读，但当你带着批评者的身份去读时，你可能会想进一步挖掘这到底是一种怎样的混杂感受。我的建议是，不妨循着这种感受，或者结合你的个人经验，或者运用恰当的理论，描述这种混杂的感受，你的分析和批评可能会非常独特。

茱莉娅：谢谢，这些对我很有帮助。

赵霞：谢谢大家。

凯伦·科茨：谢谢赵霞。谢谢各位。

（赵霞整理翻译）

2020 年 4 月 29 日，赵霞为剑桥大学儿童文学研究中心师生做英语视频学术报告

关于 中国儿童文学与汉语教学
—— 在伦敦大学学院教育研究院孔子学院第十七届
全英汉语教学年会上的开幕演讲

2020年6月9日，应伦敦大学学院教育研究院孔子学院邀请，赵霞为第十七届全英汉语教学年会全体会议做开幕演讲，并同与会者就中国儿童文学与汉语教学问题进行了交流。该年会是全英范围内汉语教师教学培训的重要会议。受新冠肺炎疫情的影响，原定的现场演讲改为线上进行。以下是这次演讲和交流的主要内容。

杜可歆（Katharine Carruthers，伦敦大学学院教育研究院孔子学院院长）：各位下午好！让我们欢迎赵霞博士为我们带来关于中国当代儿童文学与汉语教学的演讲。赵霞博士是中国当代活跃的儿童文学研究学者，目前在剑桥大学访学研修。演讲结束后，她将与本场会议的主持人、利兹大学当代华语文学研究中心主任蔚芳淑博士就儿童文学在汉语课程中的重要性展开对谈。之后是提问环节。如果有任何问题，请点击屏幕右下方的紫色按键，在对话框中输入你的问题。接下来，我把时间交给蔚芳淑博士，并与在座各位一起享受这场演讲和对谈。

蔚芳淑：非常感谢。很高兴在这里与赵霞博士对谈，并为她的演讲担任主持。我与赵霞第一次相见是在2018年的意大利博洛尼亚国际儿童书展上，那正是中国儿童文学开始在国际上引起关注和反响的时候——中国作家曹文轩在那不久前获得国际安徒生奖；那一届的书展，中国也是主宾国。我非常期待听到中国儿童文学领域最优秀的学者之一向我们介绍中国当代儿童文学。现在，让我把话筒交给赵霞。

赵霞：谢谢可歆，谢谢芳淑。很高兴有机会在这里和老师们一起谈论中国儿童文学与汉语教学问题。大家都是在英国致力于推动汉语教学的老师。我一直认为，一种语言不只是交流的工具，它还承载着我们的所知、所感、所信，以及塑造我们成为当下之我的一切。因此，通过教授汉语，你们也在拓展着班上每一个孩子的认知、感受与信仰。

这些日子，我一边准备今天的演讲，一边回想我最早开始接触英语的那些日子。那是在二十世纪九十年代初，我上初中的时候。我们的英语课总是先从学生词开始，然后是若干语法知识点以及一些句子的示例。比如，先学习单词：

name, is, my, your, what。接着再学习句子: My name is Han Meimei. What's your name? My name is Li Lei……我想说的是，我们当然不能拿莎士比亚作为英语学习的起点，也不能将唐诗宋词作为汉语学习的起点，但我们有没有可能从一些更有趣、更特别的地方，开始学习一种语言呢？我想，很多母语非汉语的人初学汉语，大概都会从"你好"这个问候语开始。那么，除了这样一句例行的问候，大家觉得下面这个故事怎么样？

> 首先有一个点，有一天，遇见了另一个点。
>
> "你好！"
>
> "你好！"
>
> "很高兴认识你！"
>
> "见到你好开心！"
>
> 于是，他们生活在一起了。
>
> 生下了好多好多个孩子。
>
> 123……456……哎呀，数也数不清。
>
> ……

这是当代中国儿童文学作家萧袤的短篇作品《首先有一个点》。这个故事的词语简单，句式简单，但如果我们仔细体味，就会觉出它的不简单。

　　首先是它的韵律。请再读一读"首先有一个点，有一天，遇见了另一个点"，多读几遍，你是否感到这句话读起来特别顺溜呢？这种感觉从何而来？从它的声韵中来。十六个字中，"先""点""见"的押韵、"首""有"的押韵，"了""个"的押韵，以及"一""有""点"等字的重复，给这个短句带来了整齐的声韵效果。

　　其次是它的内涵。读一读"很高兴认识你！""见到你好开心！"两句，仔细回味琢磨。虽然这两个短句表意相近，但从汉语表达的语感上来说，这两个句子之间是有时间差的。一般说来，"很高兴认识你"是初次见面时说的话，"见到你好开心"则往往是彼此熟悉后才说的话，至少意味着"我们"已经在一起度过了一段愉快的时光。因此，从"很高兴认识你"到"见到你好开心"，其间有一个时间和情感逐渐加深的过程。所以才有了后面的"于是，他们生活在一起了"。这是蕴含在语言里的微妙内涵。

　　再次是它的幽默。从"很高兴认识你"到"见到你好开心"，再到"他们生活在一起了""生下了好多好多个孩子"，读来令人忍俊不禁——有时候，爱情和婚姻就是这么简简单单发生的，不是吗？这里面有对爱情和家庭生活的某种幽默的速写。再比如"123……456……哎呀，数也数不清"一句，在这里，"点"与省略号之间的形象关联（"点"原本就是省略号的基本构件），造成了另一种幽默。

最后是它的哲理。这个故事展开下去，"数也数不清"的点变成了世界上各种各样的事物，大至地球，远至太空。这里面蕴涵的哲理，包括从无到有，从简单到复杂，从微观到宏观，以及简单和微小中蕴藏的巨大与丰富，某种程度上，就跟儿童文学一样。

我想借此来说明，为什么对汉语学习来说，儿童文学的运用是非常有益的。

首先，它使语言学习变得更加容易，至少看上去更容易了。很多时候，儿童文学运用的是年幼的孩子也能理解的词汇、句子、结构等，这就使它能够成为语言初学者的完美教材。其次，它是一种自然的学习。想一想，我们在学校学习外语的时候，常常是从词汇、句式、语法知识等开始的，有一个清晰的起点。但我们学习母语，很难说它的起点在哪里。这是因为后者无处不在。某种程度上，文学的阅读也能够带给我们这样一种无处不在的语言感觉。很多时候，我们初学外语，会把语法知识作为重要的内容，但在我看来，语法知识不是用来教我们怎么使用一种语言的（对于一个语言学习的新手来说，它永远承担不了这个功能），而是帮助我们进一步理解我们已经学会使用的某种语言。而在文学的阅读中，语法知识是天然地包含在语言里的。

我们来看下面这篇儿童文学作品的片段：

七绝侠养了一只鸟，一只傻鸟。

傻鸟又丑又胖，羽毛灰不拉几，如同满身打了补丁的叫花子。

傻鸟不仅样儿傻，还是大舌头，会傻乎乎地唱："我的肉天下第一好吃，煎炒熘炸，味道最佳。"够傻的吧。

虽是傻鸟，可七绝侠极喜欢。因为傻到这份儿上的鸟一定是天下绝无仅有了。七绝侠用精铜丝编织了一个鸟笼，挂在廊子里，每天喂它上好的小米、芝麻、栗子肉。然后听它那千古不变的绝唱："我的肉天下第一好吃……"

然而，一天早晨，七绝侠拿着精心剥了壳的栗子肉来到院中，廊子里的傻鸟不见了。

这是中国当代儿童文学作家葛冰的一则少年武侠小说。我小时候一度是武侠小说迷，现在回过头去看，我读过的许多武侠小说，对儿童来说既有利也有弊。葛冰的少年武侠小说，一方面发挥了这一文学类型的优势，另一方面避开了其中一些不宜于儿童阅读的内容，比如暴力、情色、性别刻板印象等。我在这里想说的是经由文学阅读实现的自然而然的语言学习。我们看这段文字，其中有些非常重要而基础的汉语语法知识。我们学外语，总是先学些基本词汇，再学着把它们组织成较为复杂的关联结构和句子。而在上面这段话里，包含了汉语里的几组最基本的关联词。比如："又……

又……", 这是并列关系; "不仅……还是……", 这是递进关系; "虽 (然) ……可 (是) ……" "然而……", 这是转折关系; "因为……", 这是因果关系; "然后……", 这是前后承接关系。试想一下, 如果我们用抽象的语法知识来解释这些关联词的用法, 可能会令听者感到困惑。但读这段文字, 我们自然而然地在学习这些关联词的用法, 潜移默化间理解使用这些关联结构意味着什么, 怎样运用这些关联词。这就是我说的语法知识的自然学习。

还有词汇的学习。请看下面这段选自儿童文学作家张之路的小说《题王许威武》的文字。这是小说的开头部分:

许威武是培新中学物理一级教师, 课教得没治了。许多慕名前来讨教的人, 站到他的面前往往是满腹狐疑地睁大了眼睛: "您就是许威武老师?"

"课教得没治了", 这是一个非常本土的汉语表达。张之路的儿童小说里有许多非常本土的语言表达。"没治了"是什么意思? 这个词的字面意思是越出了可控制的范围, 它实际上是说某事或某物好得或者坏得过了头。那么, 到底是太好了还是太坏了呢? 读完这一整段话, 我们肯定不会弄错。大家可以根据上下文判断其基本意思: 既然许多人"慕名前来讨教", 肯定是课教得很好的意思。继续读下去, 我们还会看到，许威武不但是一个课教得很好的老师，也是一个身上带悬念的老师。那些慕名前来的人站到他跟前，都不相信他就是许威武。为什么不相信？故事的悬念进一步展开，吸引你读下去。这就是我说的自然学习的意思。

我之所以说文学阅读是一种自然的语言学习，还因为在这样的阅读中，我们还能学会辨识词语之间十分微妙的区别，以及特定词语的十分微妙的内涵。

我们一起来看下面这个例子。这是从当代儿童文学作家曹文轩的儿童小说《草房子》中选取的片段。2016年，曹文轩获得了国际安徒生奖。我想他在西方世界最知名的作品应该是《青铜葵花》。但在我看来，他最具代表性的儿童文学作品是《草房子》。请看《草房子》里的这段话：

《草房子（世界著名插画家插图版）》
曹文轩／著
索尼娅·达诺夫斯基／插图
中国少年儿童新闻出版总社

> 油麻地小学是清一色的草房子。十几幢草房子，似乎是有规则的，又似乎是没有规则地连成一片。它们分别用作教室、办公室、老师的宿舍或活动室、仓库什么的。

第一句话里的"清一色"一词是什么意思？如果去查词典，我们可能会得到这样的解释，它是指物体具有同样的形态、类型、成分，等等。这个解释强调的是"同样"。但从紧随其后的两个句子我们可以觉出，它不仅仅是指"同样"，这"同样"里往往还包含了特定程度的不同。"清一色的草房子"，

"似乎是有规则的，又似乎是没有规则地连成一片"，"它们分别用作教室、办公室、老师的宿舍或活动室、仓库什么的"。仔细分辨其中的意思，我们很难用另一些说明性的语言准确地把它解释出来。但在文学语言的阅读中，我们可以清楚地感受到个中的微妙内涵。像我刚才所说的那样，"清一色"里头有相同，也有那么一点儿微妙的不同。显然，"油麻地小学是清一色的草房子"跟"油麻地小学是一片一模一样的草房子"，这两句表述是不一样的。

我想说的第三个理由，通过儿童文学开展的语言学习，不但是便捷的、自然的，而且充满乐趣。让我们回到葛冰的小说《白鳖》里的那个段落。请大家看第一个句子。"七绝侠养了一只鸟，一只傻鸟。"想一想，我能不能把它替换成另外一个句子，比如"七绝侠养了一只傻鸟"？其间的区别何在？"七绝侠养了一只傻鸟"，是一种平整的表达，句子里的每一部分获得的是等量的注意力。而"七绝侠养了一只鸟，一只傻鸟"则以重复的表达强调突出了"傻"字。你们能感受到流动于其中的某种幽默吗？试着把"傻"字替换成"白""黑""大""小"，可能就没法儿传递出原句的那种幽默感。我们也可以从"千古不变的绝唱"与"我的肉天下第一好吃"的对比反讽中感到这种幽默。"千古不变的绝唱"也许会让我们想到李白、杜甫的诗歌，但在这里，当它跟"我的肉天下第一好吃"的"傻"话搭配在一起，一种反讽的幽默从文本间骤然升起。它让我们不由期待，这也许是一个很好玩的故事。如果你继续读下去，会发现它的确是一个非常有趣的故事。它的趣味不仅来自语言的表层，也来自它深厚的哲理和文化底蕴。

所以，我在这里要鼓吹：既然儿童文学的阅读同时是一种自然的、有趣的、具有深度的语言学习，我们何不把它纳入语言教学的活动中来？

我想，我在做上面这些文本分析时，同时涉及了如何将儿童文学素材运用于课堂教学的问题。但我还想就此提出若干一般性的原则，我分三点来谈：第一，从哪里开始；第二，怎么选择材料；第三，教什么。

首先，从哪里开始。我建议从篇幅短小的作品开始，比如图画书、儿童诗。也可以引导学生试着创作儿童诗。在中国，儿童诗的教学既是当下课堂教学实验的一部分，也受到许多师生的欢迎。

其次，怎么选择材料。我能理解，对在英国教授中文的诸位老师来说，要找到适合自己教学需求的材料是比较困难的。但我也想说，一旦你开始关注中国儿童文学，你能发现的可用的信息会变得越来越多。我们可以借助一些儿童文学选本、获奖作家作品、具有影响力的阅读推荐等，进一步了解中国儿童文学。我这里列举了一些中文儿童文学的重要奖项。全国优秀儿童文学奖、陈伯吹国际儿童文学奖、冰心儿童文学奖等，是涵盖各类文体的奖项。丰子恺儿童图画书奖与信谊图画书奖是图画书领域的两个重要奖项。我们一方面可以循着这些线索去寻找作品，另一方面也不要过分迷信奖项和推荐。它们当然能为我们的教学提供非常有益的参考，但更重要的是，我们要在持续的阅读中培养起自己的文学趣味，并不断提升自己的判断力。

再次，教什么。我相信，教师才是最了解学生需求和趣味的人，也最知道面对特定的儿童文学文本，该教什么，该怎么教。儿童文学文本可被用作各种教学目的，语言的，情感的，社会发展的，甚至精神创伤的疗愈，等等。但我特别想说，不论是在中国还是其他国家，儿童文学教学最大的挑战始终是如何用文学的方式来教儿童文学。我有一句座右铭：别在文学教学中扼杀文学。很多情况下，我们的文学教学可能是在扼杀文学，这是值得警惕和反思的。

最后，我想和大家分享今天演讲的最后一则文本，是儿童文学作家薛卫民的一则小诗《一天和一年》——如今儿童诗的教学在中国的语文课堂正日益受到重视。

太阳上山下山

走一天

野花上山下山

走一年

太阳走了

太阳去照地球的那边

野花走了

野花寄回洁白的雪片

从文学教学的角度看，这则诗不只是有关一天和一年的知识，也不只是关于"太阳""野花""上山""下山""地球""雪片"等词语的学习，更是关于诗歌如何带我们回到日常生活的诗意中去的问题。就像拉尔夫·沃尔多·爱默生（Ralph Waldo Emerson）曾说的那样：每一个词语都曾经是一首诗。在这里，时间不再是机械钟表上的刻度，而是太阳移动、野花开落的循环。读"上山下山"，感受其中的摩擦音声母"sh"的重复造成的效果，会让我们联想到时间静默流逝之声。"去照"与"寄回"之间的彼此呼应，则构成了另一种循环，空间的循环。这两者之间相互转换，又彼此结合。这样，我们得到了一种关于时间和空间的新的感觉，它与整个鲜活生动的世界紧密联系。当我们用这样的方式感受、理解这首诗，会发现我们很容易地就记住了整首诗。我认为，这样阅读一首诗，才是最有趣和最迷人的。同时，它也会将一种语感深植在我们的心灵和身体里。

如我之前所说，即便在中国的学校，如何从文学的角度教授儿童文学也是一项挑战，它同时也是一个具有前沿性的探索课题。我想引用蔚芳淑博士的话："驾驭汉语并不容易"，但我还想再加上一句：当我们在中国儿童文学中与汉语相遇相识，它或许会变得不那么困难，或者说，那些困难只会进一步激发我们的兴趣，提升我们学习的效率，拓展我们学习的深度。那么，语言学习最好的起点之一，无疑是儿童文学。

谢谢大家。

蔚芳淑：谢谢赵霞。非常棒。我一直在看大家的评论，看来你有了一大群新的粉丝。谢谢你的演讲，非常有趣和生动。我从你的演讲里记住了"别在文学教学中扼杀文学"这句话。我想，作为教师，我们有时感到自己必须掌控材料，必须告诉学生个中意义，但文学的要义恰恰在于，它的意义并非单一的。正因为如此，孩子们可以打开他们的视界，用他们自己的方式解释文本。

让我们来看看留言区的一些提问。

大家问得最多的问题，是你在演讲里提到的这些文本最适合哪个阶段的学习者，该如何在教学中使用它们。我记得你参与慕尼黑国际青少年图书馆的"白乌鸦书目"相关工作，其中包括为相关文本分类、确定适合的读者年龄段。我想知道，你觉得在中国的中学里，哪些内容或主题往往被认为是不适合教学的？

赵霞： 就内容而言，如果是以中学生为对象的儿童文学写作，几乎没有什么禁忌。语言实际上也是一样。关于儿童文学的许多争论，主要是针对小学阶段的孩子。中国的养育文化相对来说是比较保守的，我觉得这样的观念和模式有好处也有不足。比如，在中国儿童文学中，如何书写青少年生活中的爱情或性，一直是一个比较受限的话题。但除此之外，应该没有太多限制。还有一个有趣的现象，儿童文学作家自己一直自觉地扮演着守门人的角色，他们会自觉避开那些他们认为儿童不宜阅读的内容。但不同年龄的儿童，适合接受的内容可能是不一样的。所以目前中国的一些相关机构正致力于针对儿童读物进行分级探索，以便于父母、教师等在为儿童选择读物时有所参考。不过与此同时，也有另一种声音质疑对文学作品进行教科书那样的分级是否正当。教材可以依词汇、句式等可衡量的标准进行分级，文学却不能。比如，我们发现，一些在教师的带领下较早开展文学阅读的班级，全班学生的阅读水平相较同年级的其他孩子要高许多。如果用分级的标准安排阅读，对这样的孩子反而会造成限制。所以我们应该更审慎些，一方面参照分级的标准，另一方面也要充分考虑学生的实际阅读水平。作为起点，分级的指导和参考是有意义的。但慢慢地，像我在前面所说的那样，如果成人阅读指导者培养起自己的文学趣味和判断力，在为学生挑选阅读材料的事情上会越来越自信。

蔚芳淑：你在演讲中提到儿童文学应该避开暴力、情色、性别刻板印象等，留言区也有人就此提出问题。在英国，有时也会把这些作品排斥在课堂之外。在我看来，我们恰恰不应该避开这类文本。相反，我们应该去谈论它们，比如，引导孩子们去思考作品中的性别或族裔形象到底刻板在哪里，是可以接受的还是让人难以接受的。

赵霞：把这些文本作为反例进行批判性教学是极有意义的。但我想这里有个前提，那就是孩子们已经具备一定的批判阅读能力。如果满足这个前提，这类文本就可以作为批判性教学的典型范例。不过，它们的价值比不上那些优秀的文学作品。我知道这里面有矛盾。我们知道，语言不是神话，其中总是包含着我们需要批判地对待的各种文化观念，但我还是认为，我们应该首先以真正优秀的文学作为标杆，接着再来行使批判阅读的职能。批判性阅读不应以抛弃学习优秀的文学为代价。我认为，这里还是有一个基本的文学标准。那些本就不是好的文学作品，比如那些我们读完就扔的"地摊文学"，不值得进入孩子的课堂。我们应该选用最好的文学作品，进而探讨其优点或问题，我认为这对孩子们会更有益。

蔚芳淑：我同意。我们还面临这样的问题：有时候，我们选定一个文本，其语言水平是适合我们教的孩子的，但其内容则适合更小的孩子，也就是说在内容的恰当与语言的恰当之间存在一些矛盾或差异。我觉得你刚才说到的这些，关于批判性文学阅读实践，则可以运用在这样的情形里。另外，你也提到图画书其实可以给年长一些的孩子读。

我们的老师们对儿童文学教学的实践策略特别感兴趣。有老师在留言区谈到，你举例的这两首诗，可以结合绘画活动来教学。我想你是不是愿意再跟大家讲讲教学的实践策略，比如在教学中，你会怎么运用这些文本？

赵霞：是的，我们刚才谈到的第一个作品——萧袤的《首先有一个点》，就特别适合作为绘画活动的脚本。随着文本的展开，画面一步步充实。点成为线，线成为各种事物的轮廓，这是一类阅读的游戏活动。芳淑提到了图画书，我在想，把儿童诗和图画书纳入课堂教学里，其实是非常有意思的。它们的语言往往都比较简短，所以不大会构成阅读的障碍。而且在它们简短的语言里，包含了丰富、深厚、诗意的内容。这样，我们既可以跟年龄较小的孩子阅读这些图画书，也大可以跟初中生探讨它们蕴含的意义、哲理等。

至于具体的阅读策略，我想第一是朗读。比如儿童诗或图画书，朗读几遍，孩子们可能就会发现自己已经自然而然地记住了作品的语言。第二，可以结合文本，设计、运用各类课堂游戏。比如前面提到的葛冰的《白鳖》，就可以采用角色扮演的方法。这是很有意思也很讲究创意的游戏。不过，我以为文学的教学跟课本的教学始终是不一样的。对课本来说，有一个依照词汇、语法等的体系性的科学安排。但在文学教学中，我们可能会发现某个有趣的文本，但其语言对一定年龄的孩子来说却太难了，这时候，我建议我们的老师们不妨把这个文本拿到课堂上试一试。我们可以采取文学教学的"河流模式"——这是我此刻发明的词，但其思想在文学阅读中早已有了——文学阅读与课本学习的一个很大不同在于，前者有如一条流动的河，我们被那些流动的语言和故事吸引着、推动着，一路向前。哪怕这个过程中会遇到一些障碍，比如生字生词，也没关系。正如河流裹挟一切而仍是它自己一样，我们的阅读也将裹挟着这些生字生词继续向前，对文本的理解并不会因此而受到大的影响。有时候，我们会在这样的阅读之流中理解、掌握生字词的意义，有时候理解不了也没有关系，一旦我们培养起这种语感，我们阅读和理解汉语的能力，也会获得很大的发展。

这种阅读方法特别适合那些想把文学作品吸纳到教学活动中来的教师。在教学中尝试"河流模式"的阅读方法，也许会有丰硕的收获。

蔚芳淑：谢谢。成为一名"河流教师"是令人向往的。留言区有人提到将图画书运用于汉语教学的可能性。我在这里顺便说一下，美国出版社 Candied Plums 出版了一系列很棒的中英双语图画书。我们利兹大学也组织了翻译比赛的项目——我们刚刚结束了第二届儿童图画书翻译比赛，参赛对象是初中生，今年的评选还在进行中。若干年前的一个获奖作品现在也出版了，是一本图画书。我非常同意，图画书有各种各样的可能，可以激发儿童和青少年读者。让我们再回到之前的话题中来，就是如何使年龄段较高的读者参与到那些读者对象年龄较小的儿童文学作品的阅读中来。我认为方法之一就是让他们反思作品的目标读者。在阅读活动开始时，我们不妨就问这样一个问题：这本书是写给哪个年龄段的孩子看的？这么一来，我们谈论的就是诸如某一作品对一个七岁的英国孩子是否适宜的问题，而不是对你来说是否适宜的问题。这样，读者就会放松下来，进而像你在前面分析的那样，从图画书的语言中获益良多。

之前还有听众提过一个问题，我差点儿落下了。这个问题是关于儿童文学翻译作品的阅读。有些中文作品，原作语言对初中生来说太难了，但可以读到它的英文译本，你怎么看这种阅读？

赵霞：我觉得可以选择双语对照的阅读方式。说实话，我对不同语言体系之间的文学翻译，始终存有一丝疑虑，面对翻译，我们得非常小心才是。你们知道王安忆的《长恨歌》

吗?《长恨歌》的开头,语言读来很迷人,但它被译成英文后,却让一些英语读者感到困惑不解,因为它看上去似乎总在重复一些细枝末节。这就是义学翻译中的接受问题。对儿童文学的翻译来说,有利的一点是儿童文学作品一般都有一个吸引人的故事。所以,我建议如果为汉语初学者选择儿童文学翻译作品,首先选择那些故事性强的作品,而非诗歌、散文之类。我不完全清楚哪些儿童文学作品已经有了英译本。但我想,比如沈石溪的作品,悬念感和故事性都很强,对初学者来说其译本可能就适宜。《青铜葵花》也有一个吸引人的故事,只是曹文轩更倾向使用诗意的语言。读翻译文本,儿童文学也是个很好的起点。我的意思并非说,一般中国文学作品中的英译本不适合学生阅读,我说的是特定阶段的阅读。如果给英国的初中生直接读鲁迅的作品,读《红楼梦》,他们可能理解不了。虽然在中国,所有的中学生都被要求阅读此类经典,但我仍然认为这不是最佳的选项——我不认为孩子真能理解。初级阶段的阅读,主要就是语言的启蒙,既然如此,不妨就从儿童文学开始。我又要回到我开头说的趣味和热情的话题。不论在母语还是外语的学习中,这种趣味和热情都是最重要的因素。

蔚芳淑:非常巧,今天在留言区"潜伏"着一位翻译家——汪海岚女士。她翻译的中国儿童文学作品也许比其他任何人都多。她也是沈石溪的《红豺》、曹文轩的《青铜葵花》的译者。

赵霞：海岚的翻译非常棒。她译的《青铜葵花》，在我看来是某种程度的再创造。如果选择中国儿童文学的英译本，海岚的译本非常适合。

蔚芳淑：我们不得不结束今天的讲座和对谈。我希望我尽力传达了留言区的问题，如果有所遗漏，请大家谅解。关于如何才能看到今天讲座中提到的这些文本，赵霞和我正尝试一起合作，通过征求作者的授权，在我们利兹大学当代华语文学研究中心的网站上提供一些优秀儿童文学作品的文本或节选。文本的选择将考虑不同年龄段读者的需求。

感谢大家，我们度过了一段非常愉快的时光。

赵霞：谢谢你，芳淑，你的主持和谈话非常棒。

杜可歆：谢谢赵霞，谢谢芳淑，因为你们，这个下午充满生趣。也谢谢海岚，正是她向我们引荐了赵霞。也感谢大家参与此次网上会议。再见！

（赵霞整理翻译）

中国当代儿童文学的几个写作趋向与艺术问题

——在利兹大学当代华语文学研究中心的演讲与交流

2020 年 7 月 23 日，应利兹大学当代华语文学研究中心主任蔚芳淑邀请，赵霞为该中心师生做了关于中国当代儿童文学现状的在线演讲。因与会者之间交流均使用西文名，除中文名可确认的与会者外，其他都保留西文写法。

《草房子》
曹文轩／著
江苏凤凰少年儿童出版社

Zhang Wenqian（利兹大学当代华语文学研究中心博士生）：欢迎来自中国的赵霞副教授。今天，她将带来关于中国当代儿童文学的演讲。

赵霞：谢谢文倩（音）。谢谢芳淑。很高兴在这里跟大家分享我关于中国儿童文学的一些看法。

关于近三十年来的中国儿童文学，可以谈论的话题太多了，我得找一个起点。也许我们可以从一些有趣的数字说起。大家看到 PPT 上的这三种书，它们分别是曹文轩的《草子》，杨红樱的《淘气包马小跳》，沈石溪的《狼王梦》。与之相关的，我这里有三组有趣的数据。第一组数据是，2015年，在江苏南京举办了曹文轩的儿童小说《草房子》各类版本突破三百刷的庆典与研讨。至此，这部初版于1997年的儿童小说已经售出近一千万册。第二组数据是关于《淘气包马小跳》的。在座的中国朋友们可能对这个系列印象深刻，它和它的作者杨红樱已成为中国当代童书畅销神话的符号。《淘气包马小跳》也译介到了英语世界，题名译作 Mo's Mischief。自该系列开始出版的近二十年间，它售出了逾四千万册。第三组数据，关于沈石溪的《狼王梦》。2020年，《狼王梦》出版三十周年，这部受到许多少年读者欢迎的动物小说发行已逾一千万册。这三组数据代表了近二十年来中国当代儿童文学的一个典型现象，即儿童图书的超级畅销书现象。这三部作品是诸多当代畅销童书中的代表。

《淘气包马小跳》
杨红樱／著
接力出版社

那么，上面这些数字代表了什么？

它首先意味着较之二三十年前，中国儿童文学的创作与出版受到了更多的欢迎。我认为这不是坏消息。我们没有必要说，因为文学是创造性的，而市场和销售是营利性的，就把文学与市场对立起来。事实是，当儿童文学作家通过创作儿童文学获得更多的经济利益，儿童文学的创作和出版也将从中获益。近二十年来，不少成人文学作家也参与到儿童文学的创作中来，包括张炜、赵丽宏、梁晓声、马原、周晓枫、

《狼王梦》
沈石溪／著
浙江少年儿童出版社

刘玉栋、徐则臣等很多读者熟悉的作家。还有更多的成人文学作家正在加入儿童文学写作的队伍。这其中，不可忽视的是商业童书效应的影响。当然，这种效应本身是复杂的。我在这里不打算具体展开这一点。但可以看到的是，当儿童文学作家能从儿童文学的写作中获得更体面的经济收入，一些作者不再那么急于写作和出版，开始有更多的时间坐下来思考儿童文学。近二十年来，中国儿童文学的写作变得更丰富了，出现了不少优秀的作品。比如，梅子涵的《戴小桥和他的哥们儿》、秦文君的《男生贾里新传》、萧萍的《沐阳上学记》、张玉清的《地下室里的猫》等作品里关于城市童年的思考与书写。张玉清的《地下室里的猫》是我非常欣赏的作品，作家把城市童年的书写与思考带向了深处。还有乡村童年题材的作品，如曹文轩的《草房子》、彭学军的《你是我的妹》、汤素兰的《阿莲》、薛涛的《九月的冰河》等。作家们试图从各个方面发掘、表现中国童年的丰富面貌。

当代中国儿童文学还有一个成果丰硕的创作方向，即历史题材的写作，如张之路的《吉祥时光》、刘海栖的《有鸽子的夏天》、殷健灵的《野芒坡》、李东华的《少年的荣耀》、黄蓓佳的《野蜂飞舞》、史雷的《将军胡同》，等等。这是一个非常富于成果和影响的创作方向。这些作品，有些源自作家本人的童年记忆，有些则是作家在深入文献考察调研的基础上写成，比如殷健灵的《野芒坡》，作者做了大量的历史文献

《地下室里的猫》
张玉清／著
河北少年儿童出版社

《野芒坡》
殷健灵／著
人民文学出版社、天天出版社

和实地调研，试图呈现某一段特殊的中国童年历史，很不容易。与传统的历史题材儿童文学创作相比，近一二十年间的这一写作趋向对待历史的态度也具有特殊的意义。上面提到的六部作品，我个人都很欣赏，它们提供了看待历史和童年的一些个性化的、独特的视角。

另一个应该提到的趋向是图画书的兴盛。我记得是在二十世纪九十年代末吧，中国大陆开始熟悉现代图画书的观念。我们有非常优秀的童书插图传统，但对于现代意义上的图画书观念——尤其是那些讲究图像与文字之间彼此合作的图画书观念，当时的中国儿童文学界总体上还是比较陌生的。近二十年间，我们见证了一批优秀的中国原创图画书的出版，比如《团圆》《迟到的理由》《棉婆婆睡不着》《盘中餐》《外婆家的马》《安的种子》等。我在这里列举的只是优秀作品中的一小部分。这个创作趋向非常引人注目。

《盘中餐》
于虹呈／文图
中国少年儿童新闻出版总社

今天，我们在这里谈论当代中国儿童文学的审美趋向，面面俱到是不可能的。刚才说到的是当代中国儿童文学发展的几个主要趋向，接下来，我想谈两个问题。这两个问题跟上面的趋向都有关系，而且在我看来，它们也是近二十年来当代中国儿童文学写作的核心问题。

第一个问题，在儿童文学写作中，成为一个孩子究竟意味着什么？不论是城市童年还是乡土童年，历史童年还是当下童年，少数群体的童年还是多数群体的童年，其背后的童

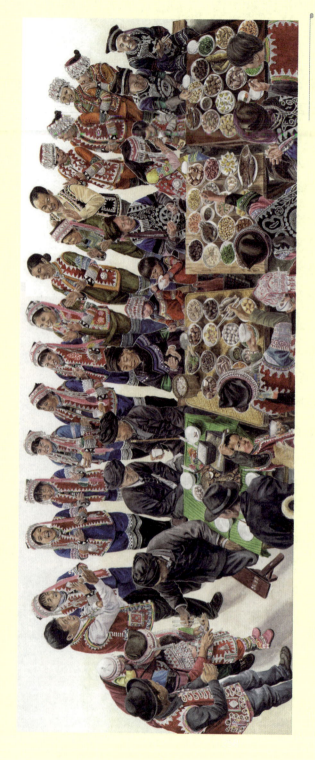

年观是什么样的？在这些年的创作探索中，这个观念发生了什么变化，它还将走向哪里？

这些年来，中国儿童文学在童年观方面实现了许多重要的拓展，但也面临着一些根本性的难题。我想以曹文轩先生2020年4月刚出版的一部儿童小说为例，来谈这个问题。

曹文轩是迄今为止唯一一位获得国际安徒生奖的中国作家。作为一位写作者，他从未停止创作的探索，不管是在获得国际安徒生奖之前还是之后。获得国际安徒生奖之后，他还是按照自己的创作节奏写作。这部《樱桃小庄》就是他最近的新作之一。我想以小说中一个十分具有象征意味的场景为例，来谈一谈当代中国儿童文学中的儿童观及其有待突破的问题。

这部小说的主角是一对兄妹——在曹文轩的许多小说中，我们都可以看到这样的角色关系安排：两个孩子，通常是哥哥与妹妹的关系。这点也很有意思。这部小说里的两个孩子住在一座名叫樱桃小庄的村庄，故事主要是讲这对兄妹外出寻找他们因失忆出走的奶奶。兄妹俩在外面，常常想起过去在樱桃小庄与奶奶共度的那些日子。那时候，奶奶身体还健朗，他们一起照料房子附近的一棵樱桃树。等到樱桃树结了果实，隔壁一个无赖却要强占樱桃树。孩子们与奶奶一起保卫自己的樱桃树。这当然是很艰难的。这一段情节的高潮是，无赖提着斧头要来砍樱桃树，奶奶和孩子们站在树下告诉无赖，要砍树，除非先把他们砍了。矛盾冲突到达顶点的时候，怎么解决呢？

我觉得随后发生的情节非常具有代表性，它象征着儿童小说写作常常需要面对的一个普遍困境。在许多儿童小说里，我们都会发现这样的冲突，以及试图为这种冲突寻求解决方法的努力。孩子需要解决冲突，至少必须走出这种冲突。在《樱桃小庄》中，冲突是这样解决的：镇长和警察局长来了，在全村人面前对无赖说了一番话。当着警察局长的面，无赖丢下了手中的斧子，承认樱桃树不是自己的。这个情节到此告一段落。

作家选择解决这一冲突的方式，反映出其小说的儿童观念。显然，他采取的解决冲突的方式，来自他想象中的儿童视角，或者说是许多人想象中的儿童视角。我们都读过这样的故事：善与恶的对峙中，总会有一个超人前来拯救我们，善总会战胜恶；过程也许很艰难，但结果总是好人赢。对孩子来说，相信善总是没错的，要是自己因此不能拯救或保护自己，就会有别人来拯救或保护他。这是许多人眼中的儿童视角。但它也许更像是一种卡通片视角：警察局长和镇长的到来，解除了普通平民遭受的欺凌。而实际上，孩子并不生活在真空之中，哪怕是生活在边远小村的孩子——与一个无赖的对峙，真的是那么简单就能解决的吗？在现实中，我们恐怕不会这么想。在这里，儿童视角被处理得太过简单了。

随之而来的问题是，一种"不简单"的儿童视角是什么样的？它肯定不是走向另一个极端——简单地让儿童自己解决一切生活中的问题。试想一下，如果在上面这段情节中，作者不是安排镇长与警察局长解决矛盾，而让两个年幼、贫弱的孩子自己解决无赖的挑衅，恐怕还是另一种纯粹想象出来的儿童视角。有时候，孩子在成人的帮助下解决麻烦；有时候，他们不得不自己解决矛盾，这两者都是儿童生活的现实。关键是，当儿童故事试图处理这样的矛盾时，不论成人的帮助还是儿童自己的努力，都要充分考虑、尊重儿童生活的"不简单"。过去我们或许会说：来，让我们设置一个最完美的视角，但今天，我们越来越意识到，这种完美的视角是不存在的。事实上，儿童文学写作中的儿童视角，可能永远是介于现实和想象之间的一个点。我们需要找到的是那个最具文学价值的位置点，它应该既是现实中充分可信的，又具有充分的审美伦理价值。比如刘海栖的儿童小说《有鸽子的夏天》。刘海栖的小说语言很独特，很有个性，我非常喜欢。在这部小说接近结尾的情节部分，也出现了一个这样的冲突。一个孩子发现自己不得不与一个成人无赖对峙，这是他第一次置身如此重大的冲突中，尽管他努力了，但还是没能解决矛盾。最后，另一个成人介入，帮助他解决了冲突。这里也有一个成人拯救者的形象。但这个解决矛盾的背后，我们还是可以看到生活本身巨大的复杂性。

在我看来，近二十年间出现的那些优秀的中国儿童文学作品，都在试图探寻刚才说的这个点的位置。我不认为其中任何一部小说提供了完美的答案，但探索的过程恰恰是最珍贵的。我想，在未来的创作中，作家们还将更努力地去寻找这个点——这个可能并不真实存在的点，它将把我们带向童年以及人性理解的更深处。

这是第一个问题，关于成为一个儿童意味着什么。

我想说的第二个问题，是成为一部儿童文学作品意味着什么。

字面上说，儿童文学作品就是为儿童创作的文学作品，但是，从成熟的审美视角看，一部儿童文学作品意味着什么？这是值得一问的。针对这个问题，这些年来，中国儿童文学一直在探索一种属于自己的美学，一种属于当代汉语的童年美学。在这里，我也想跟大家分享一个短小的文本。我是意外发现这个文本的。它的作者木也是一位年轻的儿童文学作家，其定位则是低幼儿童文学。我发现，在近些年的幼儿文学创作中，作家们对幼儿文学语言的审美维度越来越重视了。比如作家冰波，他是一位主要创作幼儿童话的作家，也是当代中国幼儿文学领域最出色的作家之一。他的童话写得非常好，不论是在故事还是语言的层面。我认为他的童话常常是以非常简单的叙述来表达非常复杂和深厚的内涵。我现在要举的这个例子，也属于这一类型。这个短篇出自木也的童话集《看见鹿》，题目叫作《丢失的名字》：

《看见鹿》
木　也／著
接力出版社

丢失的名字

一开始的时候，世上的东西还很少很少。

一个名字只跟着一样东西，一切都是刚刚好。

后来，世上的东西越来越多，名字就不够用了。

这些名字跑来跑去，变成七只手八只脚，可还是远远不够。

要是有人喊，叮当叮当！就会有几百个几千个小男孩儿跑出来。

要是有人叫，玫瑰玫瑰！就会有几千几万个小女孩儿摇晃着脑袋。

有一些东西等了很久，也轮不到用一个名字。

还有一些东西改变了模样，连原来的名字也认不出它来了，也就跑掉了。

鹿先生来到一座村庄，昨天，它还是有名字的。

把金黄的稻谷、燕子和水井都一个个丢失以后，它就丢了名字。

现在，这座村庄只能一直这么流浪。

除非等到有一天，有只小鸟从远方为它衔来一个失落的名字。

直到现在，这座村庄还在等待着。

这个作品很短，如果我们仔细读，能读出汉语独特的声韵感。仔细体味这种声韵，它跟故事的氛围是彼此呼应的。比如第一句"一开始的时候，世上的东西还很少很少"，反复出现的声母"sh"，这个发不响亮的清擦音，渲染、回应着故事略带忧伤的氛围，以及故事里同样略带伤感的哲思。这则短篇中的许多字词都充满哲思的意味，比如"名字""丢失的名字""昨天""等待""村庄"，既可以解读为字面的简单意思，又都包含了深刻悠远的隐喻。它读起来有点儿《小王子》的味道。比如"等待"这个词，在故事里，是村庄在等待一个名字，它又何尝不是关于我们每个人都在等待什么的隐喻？这么一来，"丢失的名字"也就不仅仅是童话语境里一个丢失了的名字，而是关于那些久被我们遗忘的重要之物的隐喻。我认为这样的探索在当代中国儿童文学写作中具有特殊的意义。

在座的中国朋友们，我想我们也许都会有这样的感受：我们所熟悉和使用的文学语言，是一种既古老又新鲜的现代汉语，它与古代汉语既有联系又有显而易见的区别。我们发明并渐渐熟悉了现代汉语的运用，进而寻求构建属于这一语言的独特审美表达。在很长时间里，许多儿童文学作家认为儿童文学就是运用儿童可以理解的简单语言，就像我们平常跟孩子说话那样写作。但儿童文学写作并非这么简单，它的价值在于，我们如何能够使用这种看似最简单的语言完成最精细的文学表达。语言的面貌仍然是简单的，是每个孩子都能理解的，但语言之内又充满文学性和意义。它应该是相对于成人文学的另一种独特的表达形式，形式是独特的，但属于人的情感、思想等的高度却是一样的。对中国当代儿童文学的写作者们来说，这是一个横在眼前的重大挑战。

以上就是我今天跟大家分享的内容。

Zhang Wenqian：谢谢赵霞副教授的生动演讲。接下来是提问和交流环节，大家如果有什么问题，可以提出来。

听众一：我有许多问题，我想一个一个地问。第一个问题是关于（中国）当代儿童文学发展趋向的。我读的作品不多，但从你刚才展示的这些书来看，不少作品都跟历史有关。我很好奇，历史元素是否是中国当代儿童文学创作中的主要元素？如果是的话，在中国儿童文学中，作家们是如何处理当下与历史之间的对话关系的？比如在西方，像《哈利·波特》里，有巫师、龙以及其他神奇生物，而在中国儿童文学中，我们很少看到一个孩子跟土地公、观音等打交道。

赵霞：我想你说的历史元素以及如何与过去对话的问题，其实包含很多内涵。你刚才说的《哈利·波特》中的那些意象，更多的是与文化传统有关。在中国，这类运用传统文化资源的儿童文学写作还是很多的。我首先想到了儿童文学作家薛涛对《山海经》故事的重述。事实上，有不少当代儿童文学作家在尝试将中国传统文化融入现代童年叙述。就历史元素来说，我个人认为最具挑战的恐怕还在于涉及国家和民族历史的那部分。真实的历史是一种过去，文化传统也是一种过去。对于特定历史阶段的亲历者来说，这类写作的进入可能还相对容易些。但对许多写作者来说，面对一段自己不曾经历过的历史，我们要怎么去呈现那时候真实的童年生活情状？比如，近年的创作趋向之——战争题材的儿童文学创作。今天提起这类写作，首先应当看到既有的写作传统及其背后的意识形态。由《闪闪的红星》《小兵张嘎》《小英雄雨来》等作品构成的这个儿童文学传统，影响深远。但今天的作家们试图在写作中突破旧有的意识形态桎梏，反思传统，重述战争，其目的是为了把这类文学写作带回到儿童真实的历史生活中去。我们想知道历史上真实的儿童以及他们的生活。一方面，每一时代的童年经验各有各的样子，另一方面，它又与人性的某些永恒之处相连。我觉得在这类题材的写作中，把握这一点很重要。

《闪闪的红星》
李心田／著
长江少年儿童出版社

《小兵张嘎》
徐光耀／著
人民文学出版社

听众一：谢谢。

Zhang Wenqian：抱歉，因为我们时间不多，我想还有不

少人想提问。你能否把下一个问题留到最后？如果我们还有
时间，请你继续问。

赵霞：我们可以会后交流。

听众二：赵老师好，我有一个关于小人儿书的问题。我
想你是不是可以介绍一下小人儿书在中国的传播、阅读、功
能等情况，或者相关的一些背景。

赵霞：这个话题很有意义，但是很抱歉，它不在我的研
究范围内。我自己对小人儿书也就是连环画，也很感兴趣。
我小时候就是读着小人儿书长大的。过去，这类读物通常被
认为是粗糙而非精致的大众娱乐图书。现在有不少人在做小
人儿书的研究，也在不断发现这类通俗读物的另一面，例如
以往小人儿书中那些知名美术家创作的精彩绝伦的画作。我
觉得这是个很有研究潜力的课题，研究的困难或许是，如何
搜集系统的研究文本。假如你想做某一时期或特定话题下的
小人儿书研究，就得搜集尽可能完整的文本资料，这一点就
很困难。很多书已经随着时间的推移遗失或毁坏了。但我觉
得小人儿书很值得去研究，尤其是在当前儿童图画书兴盛发
展的语境下，这类书籍实际上也是广义上的中国现代图画书
的早期形态。这是属于我们自己的插图童书传统。希望我的

《小英雄雨来》
管 桦／著
作家出版社

回答对你多少有些用处。

听众二：谢谢。还想问一下，你觉得小人儿书是儿童文学的一种类型吗？

赵霞：当然是。如果图画书是，小人儿书当然也是，而且是很重要的一种类型。它是典型的通俗读物。过去我们的研究可能有点儿偏精英化。我们倾向于把焦点放在那些得到各类权威认可、推荐的图书上，而忽视那些儿童自己选择的读物，但这些读物是儿童阅读的另一个重要方面，它非常重要。

Zhang Wenqian：赵老师，你的演讲很受欢迎，在座也有许多研究者，因为时间问题，大家没有办法一一提问，你介意会后大家通过电子邮箱继续提出相关问题吗？

蔚芳淑：我提个建议。如果大家有问题想问赵霞老师，请把问题先发给我，我们商量后，再决定你们是否有必要直接联系。

赵霞：谢谢芳淑的体贴建议。

Zhang Wenqian：今天的交流到此结束。感谢赵霞副教授的精彩演讲，感谢参与交流的各位研究者，见到你们非常高兴。

蔚芳淑：谢谢文倩（音），谢谢赵霞。你的演讲很精彩，你关于中国儿童文学的美学概括充满启迪性。我估计大家会有成吨的问题，所以不想你的邮箱遭到这样的轰炸。很高兴见到大家，谢谢，再见。

会后邮件提问交流

蔚芳淑：我非常喜欢你在演讲中谈到的成为一个儿童意味着什么和成为一个儿童文学作品意味着什么的观点。我认为儿童读者以及他们期待读到什么，这是一个有意思的观念。我相信儿童会在现实与幻想之间建立起一个自我形象，而我们创造的儿童视角其实也是如此，就像你说的那样。儿童（当然还取决于年龄）渴望认同故事里的英雄，如果必要，他们会为此放下怀疑，尽管他们知道魔法是不现实的，仍然会选择接受它。

我认为，成人与儿童视角之间的缝隙，同样是有待协商的对象。在这一点上，你提到的"重写历史"的现象尤其引人琢磨——"重写"的过程无疑是指向成人的，因为对孩子来说，这可能就是他们读到的第一个历史版本。当你谈到儿童文学中语言美感（比如韵律）的重要性，我想到了另一个问题。对学前儿童来说，声音也许更重要，因为父母会读书给他们听。但对于以年龄较长的儿童为目标读者的儿童文学写作来说，那种美学考虑是否仍然存在？

赵霞：在书本之外，始终有一个现实的儿童读者，其阅读反应并非总能被成人所预料。此外，面对同一本书，一个具有批判阅读能力的儿童读者跟自然的儿童读者相比，阅读的路径很可能也有不同。还要考虑另一种复杂的情形：儿童既认同故事里的英雄，同时又对其所作所为保持批判姿态。儿童读者的研究是一个大项目。现有的研究已经很多，但最大的挑战或许在于，我们无从知道由若干样本中得到的调查结果是否可以代表儿童真实的文学阅读反应。

说到儿童文学语言上的审美性，我指的是儿童文学的典型形态，也就是儿童文学有别于成人文学的一般特点。但儿童文学本身又是一个有着巨大的内在复杂性的文学类型，比如到了青少年文学的阶段，它在语言方面可能跟成人文学更相近。我说的语言方面的审美特性，覆盖的是儿童文学光谱中的大部分吧。我认为，迄今为止，只有最优秀的那部分儿童文学作家才会对此怀有很高的审美追求。另外一个有意思的现象是，在一些成人文学作家（如余华）的一些小说中，我们也能看到这样的审美特点。所以这其中的有些作品也被选进了儿童文学读物中。我用"童年美学"（aesthetics of childhood）来称谓这种审美特点：它体现在一切文学中，但在儿童文学中表现得最为典型。

Kuo Mei-yi（利兹大学当代华语研究中心博士生）：我的问题是关于《丢失的名字》这个作品的。我看到它的第一句，想到了《圣经》里的上帝创世。再读下去，我感到名字的概念跟莎士比亚的《罗密欧与朱丽叶》也有关："玫瑰纵使不叫玫瑰，芳香依旧。"我想问的是，你觉得双语教育对中国儿童文学的输出内容有何影响？双语教育如何影响现代汉语？

赵霞：双语教育对中国儿童文学的影响将来一定会显现出来。但目前看来，中国儿童文学的内容和语言受到翻译（尤其是文学翻译）的影响更深。一些年轻作家倾向于使用文学翻译作品的表达方式（词汇、句式等）。我曾让我的学生们讨论一个现象：为什么许多中国儿童文学作家会给他们笔下的主角取一些西方化的名字：安娜、洛卡、罗伯特……细究起来很有意思。事实上，我们既从异文化中获取灵感，又面临着如何寻找自己的声音的挑战。

Li Wenxi（利兹大学当代华语研究中心博士生）：谈到性别刻板印象，我很好奇中国当代儿童文学作家是怎么对待这个问题的？

赵霞：这对中国儿童文学来说是一个很重要的话题和课题。与西方同行相比，在性别角色的反思方面，我们还落在后头。中国儿童文学可以为儿童故事中性别角色多样性的拓展做出许多贡献。近年来，针对一些儿童文学作品中的性别表征问题，有一些批评和争论。这样的讨论还可以再进一步深入到文本内部，同时，我们应该从审美和文化的双重视角来展开这些话题。

Meng Jia'nan（利兹大学当代华语研究中心博士生）：我听演讲的时候，脑海里冒出两个问题，都是关于作家的视角。我希望它们看上去并非毫不相干。

第一，我有时觉得"儿童文学"这个词有点儿麻烦（也许是我多虑了）。我感到把一个作家界定为"儿童文学作家"可能是不适宜的，因为作家应该有权决定他们想写什么，而不应该因为他们写了不适宜儿童阅读的内容或没有尽到儿童文学作家的职责而受到批评。

第二，我看到儿童文学的"知名作家"中鲜有少数族裔背景的，也许只是今天的演讲里没有提到。我会进一步去阅读了解，看看事实是否如此。

赵霞：你的第一个问题触及了儿童文学最根本的难题之一：儿童文学究竟是儿童的"文学"还是"儿童"的文学？关于这个问题的争论有着漫长的历史。我们今天认为，承认儿童文学因其区别于一般成人文学的特点而存在，至少是一个比较好的选择，因为那样我们才能进一步探讨在儿童文学这个文类里有着什么。但作家个人在写作中绝对是自由的。儿童文学理论的存在不是为了规定如何为儿童写作，而是为了帮助我们更好地认识儿童文学写作的行为、结果等。如果你对这个问题感兴趣，我建议你不妨去读一读佩里·诺德曼《隐藏的成人——定义儿童文学》一书。

关于第二个问题，事实上，当代优秀的儿童文学作家中有不少少数民族背景的，比如知名的动物小说作家黑鹤，儿童诗作家王立春，等等。但族裔问题的确是一个值得深入探讨的话题。

项黎栋（美国罗格斯大学博士生）：赵老师在演讲中谈到了当代儿童文学中的儿童视角。对我来说，这一儿童视角的探讨与我们对儿童主体的认知有交叉。当我们说到"真实"的儿童视角时，我们期待的究竟是什么？这些潜在的期待指向什么样的内涵？关于这个问题，我想问问你的看法。

另外，你在演讲中也介绍了许多新近出版的童书。那些并不认为自己是儿童文学作家的作者，其创作的儿童文学作品却在出版和研究领域受到许多关注。我想问的是，在天真童年的范式背景上，这类作者笔下的儿童观念有什么不同？

赵霞：关于第一组问题，这些都是儿童文学的难题，我们也许永远没法儿得出最终的答案。但提出这些问题的意义或许不在于索取最后的答案，而在于使我们的讨论始终保持开放。谈论一本童书在现实与想象之间构建起的儿童视角，我想最重要的是我们要意识到，儿童的生活和生命始终跟成人一样复杂，一样难以厘清。

至于成人文学作家参与儿童文学写作的现象，目前看来，在儿童文学的艺术发展语境中，这些作家的贡献主要体现在文学语言的层面，而非儿童观念的层面。换句话说，我认为当下一些成人文学作家创作的儿童文学作品，尚未在童年观方面提供新的、自觉的提升或突破。在我看来，这一事实再次证明了为儿童写作不是一件易事。即便最优秀的作家也需要学习如何为儿童写作，如何理解成为一个儿童意味着什么。

（赵霞整理翻译）

跋

回忆与留念

2019年10月中旬,我开始了在剑桥大学儿童文学研究中心为期一年的访学。

其时正值研究中心人事与工作调整期,原中心主任玛丽亚·尼古拉耶娃教授退休回到瑞典,新任主任凯伦·科茨教授刚刚到任交接,许多工作正在重新安排中。我也借机在学校和学院各处晃荡熟悉。

我的主要访学计划,一是完成、完善我个人关于西方儿童文学理论与批评的国家社科基金项目的研究工作,二是探讨与国外同行开展较为深入的学术交流的可能。研究中心办公的校区离我居住的剑桥大学爱丁顿社区有二十分钟左右的公父车程。我凭学院的工作证，坐校车有三分之一的票价优惠。那时冬寒初至，我裹着羽绒服，背着黑背包，天天上下校车。常常遇见一位校车司机，每次都用中文快乐地跟我打招呼："你好！""再见！"后来熟悉了路，又常骑单车去。中心所属的教育系与挂靠管理的霍莫顿学院，各有自家的图书馆，又

剑桥大学图书馆内景

各辟有儿童文学的藏书专区，研究文献十分丰富。中午，我从图书馆出来，就转到隔壁的学院餐厅去吃饭。餐厅设在一座古老的建筑里，一走进去，恍如置身哈利·波特电影中的霍格沃茨魔法学校。高高的穹顶，从穹顶一头披下来彩色的

琉璃窗子，窗下是长长的餐桌，从餐厅一头直伸到远远的另一头。供餐处取用的算是简餐，但品类丰富，荤素搭配，还有饮料和水果。那里的一道土豆泥配西兰花，十分美味。吃完饭，我从温暖的餐厅走出来，穿过剑桥冬天的冷风，再回到图书馆去工作。

研究中心的学者跟我们一样，平时上课、带学生、指导论文，还有繁重的科研工作，个个都很忙碌。中心原有每周一次的研究聚会，但因人事调整，暂时没有定期开展。除了我的联系学者乔·萨特里夫·桑德斯博士，我与其他教师见面的机会，大多是在中心安排的学术演讲和研讨会上。为了交流的深入，我先后与乔以及研究中心的凯伦·科茨教授、布兰卡·格热戈尔奇克（Blanka Grzegorczyk）博士等相约，专就他们研究领域或研究关注中的某一话题，展开较为深入的交谈。

记得书中的第一次对谈，还是我初到剑桥不久，与乔就非虚构儿童文学展开的讨论。乔原是美国堪萨斯州立大学的教授，2018年起在剑桥大学儿童文学研究中心执教。那时我刚读完他的新著《问题的文学——非虚构文学与批判的儿童》，十分欣赏他平实晓畅的理论文风与敦厚深入的批评思想。不论在国内还是国外，关于非虚构儿童文学的研究都远不如虚构儿童文学兴盛深入，乔的研究因此而更显意义。我便问他，是否有兴趣和我就非虚构儿童文学的话题做一次对谈。他很高兴地答应了。那次对谈十分愉快，谈话的主要内容由我整理出来，后来在《文艺报》上发表。这便是本书收入的第一篇对谈文章的由来。

到剑桥后不久，我拜访了剑桥儿童文学研究中心的主任凯伦·科茨教授。凯伦是当下西方儿童文学批评家中最具代表性的学者之一，她学术视野开阔，研究兴趣广泛，尤其对创作与批评前沿保持着敏锐关注。邮件联系上后，她热情地约我到她的办公室相谈。她的办公室小小的，一桌一椅一茶几，配着小小的沙发客椅，背后的书架却是顶天立地。凯伦8月才从美国迁来剑桥，与我一样算是新客。我们坐着神聊，聊到酣处，她会从书架上抽出一部作品来，指着文本逐字逐句分析。复活节假期前一周，我去旁听她的课，与她约定对谈的时间。她同时邀我为儿童文学研究中心的师生做一场报告。不料假期一过，全城因疫情封锁，我们只好把对谈和报告都挪到线上进行。对谈前一天，我如约将拟定的话题发给她，她看后十分兴奋，回信提出在"不同寻常"的话题方面进一步深入探讨的可能。第二天下午，原定一个小时的谈话，持续了近两个钟头。整理出来的两篇对谈稿，后来分别在《文艺报》和《文学报》上发表。凯伦关于儿童文学的理论思考开阔而深刻，而她同时也是一位非常感性的批评家。课堂上，当她读到心仪的儿童文学作品片段，会热泪盈眶。我常会想起我们在剑桥道别那天，我陪着她慢慢走回住处，边走边聊。庭院里有一棵硕大的树，她抬头望着树，说："你看这棵树，为什么这样美？如果只是为了有用，它可以不必这么好看的。"我们都相信，在这个世界上，美本身就是一个庄重的目的，一种与善合一的道德。

我与居住在伦敦的翻译家汪海岚博士和利兹大学当代华语文学研究中心主任蔚芳淑博士是旧识。两位学者多年来一直关注中国儿童文学的现状及其对外翻译与接受传播，对中国文学更是满怀热情。她们都精通中文，与致力于推动中国当代文学英语翻译、传播、接受的非营利机构纸托邦（Paper Republic）有着密切的合作。海岚是考古学博士，她在对谈中提到了自己如何与中国文学，尤其是儿童文学的翻译结缘。她是当下中国儿童文学最重要的英译者之一。芳淑的专业领域并非儿童文学，但长期关注中国文化中的童年问题，博士论文做的是《聊斋志异》中的童心美学研究。在剑桥期间，我与芳淑几次在线交流，聊得十分愉快。就儿童文学与童年的话题，我们约定在合适的时间开展一场在线对谈，同时，她也邀我为研究中心的师生们做一次关于中国儿童文学的演讲。对谈与演讲的内容，也都收在这本对话集里。回国后，我收到芳淑的约请，邀我担任利兹大学当代华语文学研究中心主办的电子期刊《华文写作——当代华语文学期刊》（*Writing Chinese: A Journal of Contemporary Sinophone Literature*）编委。我也欣然应允。

因为海岚的引荐，我到剑桥不久便结识了伦敦大学学院教育研究院孔子学院院长杜可歆女士。这些年来，汉语学习在英国日益受到重视。教育研究院孔子学院为英国汉语教师师资的培训做了许多工作。多年来，他们主办的全英汉语教学年会影响很大，成效显著。可歆院长想邀请我为次年的第十七届年会做有关中国儿童文学的专题报告。为了安排得更妥当些，负责学院教师教育协调工作的菲莉帕·瓦利（Philippa Varley）女士先与我电话交谈，一方面告知年会的基本安排与报告需求，另一方面也进一步了解我的学术背景和研究情况，同时代表院长邀我相聚详聊。原来可歆院长日常就在剑桥居住，2月里，我收到她的电邮，邀我到剑桥三一街上小有名气的咖啡馆 Hot Numbers 相聚。那天上午下雨，她开车被堵在路上，急得用中文给我发消息。等到见上面，我为她点的早茶已凉了，但我们聊得很开心。她曾在北京学习多年，对中国很熟悉，我们虽用英语交谈，但她的中文其实说得非常好。我们谈到语言学习的话题。她认为，学一种语言不应仅限于了解其语言知识，领略这种语言的趣味，培养对它的热情跟学习语言知识一样重要。这就是他们为什么想邀请我来为大会做中国儿童文学的演讲的原因。我说到文学趣味与语言学习之间的天然联系，她深以为然。分别前，我们约定，6月在伦敦的会议上相聚。

不久后，英国暴发新冠疫情，全国封锁，原定的年会几经商议，最后改为线上进行。当时大部分英国的学校还在坚持教学。由于会议主要面向全英范围内的中小学汉语教师，他们中许多人白天要上课，晚上和周末还得在家照顾孩子。为此，年会的演讲、交流、工作坊等均安排在下午学校教学任务结束之后的一个小时内，分几周陆续进行。我的开幕演讲安排在第一天下午，主办方邀请了芳淑主持。这是另一种演讲和交流的体验，虽然看不到也听不到在线的观众，但留言区不断冒出的留言泡，还是让我感受到别样的热情。那天芳淑的主持十分辛苦，既要为演讲做总结点评，又要梳理、整合留言区的提问，还要负责总体的控时，这一切她做得非常专业。

与郁蓉女士和李见茵女士的对话，都在剑桥科顿小村郁蓉女士家漂亮的花园里。这个家和这座花园，是我在剑桥生活的一年里最美好的记忆之一。2020年夏天，就在她家院子里，她的先生海宁教授为我们撑开大阳伞，我们坐在阳伞下，面对着她春天时种下的一大圃开得斑斓绚丽的夏花，做了愉快的对谈。我们谈图画书，也谈到中国和世界儿童文学的一些艺术问题与发展趋势。郁蓉女士的图画书插图以融合中国传统剪纸与西方绘画艺术的创意而广为读者所知。我们谈到了传统的优势，也谈到了突破传统的难度和不断创新的可能。对谈结束时，我曾经问她："图画书的插图创作对你来说究竟意味着什么？"她毫不犹豫地回答："意味着生命的延续和进步。"常常看到的都是她开颜的笑，难得见她这么严肃的样子，她说："每天的柴米油盐，各种各样的生活杂事，每当我要爆炸的时候，坐到桌子前面开始画画，我就什么都不去想了。这一刻就全部属于我自己。说到底，虽然我们每天好像很忙，但其实人最终是一个孤独体。你怎么在这'孤独'当中找到自己的生存方式，去完善，去珍惜，去实现价值，很简单，就是让你自己开心就好了。"我想，她说的"简单"的"开心"，其实是一种非常充实的生命体验和境界。

见茵是在疫情期间单枪匹马、无所畏惧地闯来剑桥的。我们一见如故。她衣袂飘飘，却挟豪侠之气。在儿童文学的领域，她自称门外汉，但我们谈的许多问题，她的观察和思考其实十分敏锐和深入。那天，郁蓉长女、就读牛津大学休假在家的毛虫为我们烤了漂亮美味的菠萝蛋糕，回想起来，舌间好像还有蛋糕香甜的余味。

二

一年来，与西方学者的许多交流，有两点令我印象深刻。

一是他们的研究始终持有的批判与反思精神。

我对西方儿童文学理论与批评的系统关注和研究已有十余年。记得 2008 年 11 月至 2009 年 1 月，我在慕尼黑国际青少年图书馆研修期间，通读了那里收藏的英语儿童文学理论期刊，既惊讶于西方儿童文学学术的发展壮大之势，又感到它所面临的瓶颈与困境同样不小。在剑桥的交流让我看到，近十年来，西方儿童文学研究在持续的自我批判与反思中，正走向新的境界，尤其令我震动的是它对待儿童问题的深刻的自我批判与反思精神。某种程度上可以说，当代西方儿童文学的学术史也是一部关于如何不断地重新认识、表现、书写、建构儿童的理论与批评史：一方面，坚守成人之于儿童的文学与文化职责，以儿童文学独特的方式履行这一职责；另一方面，则不断反思在儿童文学的创作与批评中成人作者与成人批评者相对于儿童的"他者"位置，强调在儿童故事中恢复儿童生活世界固有的多层与复杂，强调儿童文学对儿童的文学接受权与文化知情权的尊重与培育。

正是从这一批判立场出发，乔在他的著作《问题的文学——非虚构文学与批判的儿童》以及他关于非虚构儿童文学的对谈中，提出了理解非虚构儿童文学的一个新颖而重要的视角：对非虚构儿童文学来说，重要的不只是作品是否呈现了科学的知识或客观的事实，还包括作者在关于一切知识与事实的非虚构书写中，是否仍然给儿童的阅读留出了批判阅读与思考的空间。更进一步，我们当下认定的各种知识的科学性与各类事实的客观性，可能并不像我们此刻认为的这样科学、客观，而是需要不断经受新的批判、检验与修正。那么，在非虚构儿童文学的写作中承认、保留这种不确定性、可怀疑性的位置，同时以这种方式促使儿童建立更为成熟的知识观与判断力，则应成为当下非虚构儿童文学的自觉意识与实践方向。换句话说，非虚构儿童文学的意义和价值不仅在于知识的讲授，还在于揭示知识在人为的写作中得到呈现与建构的方式和过程，后者在积极的层面上继承了福柯的谱系学思想。乔所说的"非虚构儿童文学最重要的事情就是诚实",正是指向成人作家面对儿童读者的谦逊与真诚:成人作者不是在文本中全力将自己塑造为居于上位的全知者,而是将儿童放到平等的位置上,诚实、坦率地告知自己的所知与不知。由此,儿童接收到的也不仅是知识或事实,还包括理解知识、读解事实的一种重要观念与能力。

这一批判阅读与"批判的儿童"(the critical child)观,是当代西方儿童文学批评的重要思想。实际上,这也是二十世纪末以来整个西方文学批评的重要思想。在第十七届全英汉语教学年会上,针对我谈到的对儿童读物中的"暴力、情色、刻板性别角色"等不适宜内容的警惕,芳淑提出,面对这类读物,最好的选择也许不是隔离和禁止,而是教会孩子如何辨识、辨别个中问题,从而帮助他们在阅读中培育批判意识,把握阅读的主动权。事实上,即便是一些被公认为经典的儿童文学作品,从今天的视角看,可能也存在这样或那样的艺术、文化问题。在这样的现实下,批判阅读的倡导与"批判的儿童"观的普及,在某种程度上是儿童阅读从授之以鱼向授之以渔的转变。在我们后来的对话中,芳淑和我也谈到了儿童批判阅读的话题。我们都认为,一种成熟的儿童批判阅读观将促使我们重新审视儿童文学对儿童的影响,也有助于解决儿童文学艺术表现中的一些传统困境与难题。

我与凯伦第一次面见交流,便谈到了"儿童"的话题。在我看来,当代西方儿童文学理论与批评发展的基本脉络之一,即是其儿童观念的转变与演进——从早期视儿童为理所当然的"可知"对象，到二十世纪七八十年代以来不断认识到理解儿童的难度甚至是某种程度的"不可能性"。凯伦在对谈中提出的许多见解也与这一打开后的"儿童"观念密切相关。我们的谈话从她在剑桥大学的儿童文学专业课上举例分析的若干儿童文学作品开始。这是她从自己的海量阅读中精心挑选出来的作品，作为一种写作的新趋向，它们典型地代表了当前西方儿童文学创作的前沿探索。这个前沿跟西方儿童文学理论与批评中的"儿童"问题紧密相关，那就是思考如何在儿童文学中把一个更广大的生活世界交还给儿童，同时也把一种对生活和世界的更完整、成熟的认知力与判断力交给儿童。这背后是支撑、推动整个当代西方儿童文学及其理论与批评演进的一个重要思想：认识到儿童是与成人一样丰富、复杂的个体，认识到儿童面对的生活的丰富度和复杂性与成人是同等的，继而探索如何在儿童文学中落实与推动这种认识，以使儿童文学得以更好地促进现实儿童的生存与发展。

应该看到，自现代西方儿童文学批评诞生伊始，其理论思考始终包含以下矛盾：一方面是不断致力于划定为儿童写作的文学边界，另一方面则在不断地反思中努力突破这种边界。作为近半个世纪以来西方儿童文学界最重要的批评家之一，加拿大学者佩里·诺德曼指出，长久以来，儿童文学都被认为是一种"说的较少"的文学，由此导致了它的各种"缺失"，包括"性的缺失""黑暗的缺失""复杂的缺失"，等等。过去的几个世纪里，"说的较少"一直被认为是从文化上保护儿童的必要举措。但二十世纪后期以来，人们日益发现，那些被"隐瞒"的方面，也可能在很多时候导致了儿童文学向儿童呈现的世界与生活图景的某些重大缺失，进而造成对儿童的文化简化与文化剥夺。经过近半个世纪的批评发展，西方儿童文学主流批评界基本形成了这样的共识：儿童有权利知道这个世界有善也有恶，有真也有假，唯有了解了那个"更大的真相"，他们才会懂得如何去选择和实践真正意义上的、并且是富有实践力量的善与真。由此，对儿童文学来说，最大的难题从来不在于能否碰触这个"真相"，而在于如何寻找到一种属于儿童文学的独特而恰当的艺术方式，来书写、表现这个"真相"。所以我们在对话里也谈到了这几部作品独特的幽默机制与视觉手法如何使儿童读者在接受过程中与故事保持恰当的认同疏离。同时，凯伦也清楚地指出，这一趋向并非对过往儿童文学创作模式的否定，而是一种重要的补足。在当代儿童文学艺术发展的语境中，这无疑是一种极富理论和实践意义的创作探索，对于我们思考当代中国儿童文学的创作与批评，也有重要的借鉴价值。

给我留下深刻印象的另一点，是一部分西方学者对中国儿童文学的兴趣与热情。根据我的观察，总体上，因为语言、文化等方面的客观隔阂，西方学者对中国当代儿童文学的了解和关注都较为有限。为了推动中国儿童文学的英语翻译、传播和研究，包括海岚和芳淑在内的一批英国翻译家、学者以及相关机构做了大量重要的工作。海岚是身体力行从事中国文学英译的重要翻译家，她的《青铜葵花》英译本以其对这部儿童小说故事氛围、情感节奏、语言诗性的传递与再创造，推动了曹文轩的作品乃至整个中国儿童文学在西方世界的影响。这些年，她每年都有华文儿童文学译作问世。在我看来，她是当今英语世界对中国儿童文学了解和介入最深的西方翻译家之一。她与美国普林斯顿大学研究者陈敏捷合作的厚重论文《英语翻译中的中国儿童文学》(Chinese Children's Literature in English Translation)，系统地梳理了晚清至当代中国儿童文学的英译史，收入帕尔格雷夫·麦克米伦出版社 (Palgrave Macmilan) 最新出版的《帕尔格雷夫汉语研究手册》(The Palgrave Handbook of Chinese Language Studies)。芳淑主持的利兹大学当代华语文学研究中心，致力于推动中国文学在西方世界的翻译、接受、传播以及培养中国文学翻译与研究人才。这些年来，他们做了许多工作来推广全英范围的汉语教学，包括组织面向儿童和青少年的中国文学翻译比赛。近年来，研究中心参与组织的白玫瑰翻译比赛，选择华文儿童文学作品作为比赛文本，并通过英译本的出版，促进了这些作品的传播。最近的第六届白玫瑰翻译比赛奖获奖译本、依奇·哈森翻译的中文图画书《好困好困的新年》(孟亚楠／文图) 于2020年在马里士他出版社出版。我在剑桥期间还结识了另一位英国重要的中国文学翻译家尼基·哈曼。去年和今年，为了另外两场翻译比赛的汉语儿童诗选文，尼基两次与我电邮联系。两场赛事都是为推动英国的汉语学习与翻译。海岚在我们的对谈里也特别提到尼基。在我心里，她们是英语世界里的一个边缘却了不起的群体，这个群体里的人们热爱中文和中国文学，为推动汉语学习，推进西方世界对中国文学和文化的理解，默默而不遗余力地努力着。

在剑桥期间，我有幸进一步了解她们的努力，也参与了其中一小部分工作。我为全英汉语教学年会所做的演讲，选取若干当代中国儿童文学作品，对其中片段做了语言层面的精读与细析。与会的朋友们对这样的细读非常感兴趣。在留言区，他们强烈地表达了想要更多地了解和阅读中国儿童文学的愿望。我与芳淑商定，由我联系中国的作家落实授权，在利兹大学当代华语文学研究中心网站上传一部分中国儿童文学短篇作品，既可供在英的汉语学习者和教学者进一步参阅，也可供有意于中国儿童文学翻译工作的译者参考。

事实上，这些翻译家和研究者对待中国儿童文学的态度，既让我感动，也令我沉思。记得在2018年的博洛尼亚国际儿童书展上，海岚与芳淑都来参加了德国慕尼黑国际青少年图书馆邀请卫平和我出席的关于中国当代儿童文学现状与趋势的对谈。我们谈到了中国当代儿童文学的成绩，也谈到它自身正在面对和反思的一些问题。对话结束后，海岚告诉我们，对谈的内容对她们来说很有意义。这些年她在中国参加了不少儿童文学的交流活动，感到一些介绍和描绘"太夸张了"。我深知她们对中国文学和中国儿童文学发自内心的热爱。作为西方语言和文化背景的学者，她们为中国儿童文学摇旗鼓呼，同时也希望它在清醒的理性和开阔的视野下走得更远。在我们的交流和对谈中，海岚表达了对中国儿童文学在英语世界的"可见度"的高度关切，并提出了"最希望我能做什么"的真诚愿请。听到海岚批评英语世界较少关注中国儿童文学发出的声音，我感到她对待中国儿童文学颇有"自家人"的态度——对内，她希望中国儿童文学更理性地看待自身的成就与问题；对外，她则对它满怀爱重与维护。我想，这样的态度背后，是对中国儿童文学最真诚的关切和最由衷的热爱。

与中国本土儿童文学研究者相比，西方学者对中国儿童文学的观察与研究往往体现出西方学术思想与方法的特点。芳淑告诉我，她手头正在从事中国儿童文学书籍的副文本研究，尤其是书上的作者简介、作品推荐语等。她感兴趣的是，一个儿童文学作家是如何在副文本中被塑造为一种"名人"形象。更进一步，她在对话中谈到了针对副文本的批判阅读，这是一个极有意思的话题。如果一个孩子学会用批判性的视角和方法阅读儿童文学书籍的副文本，对这部作品和这个孩子来说，可能意味着什么？这背后不仅涉及儿童文学观、儿童书籍观的变化，还涉及成人阅读观和教学观的反思与变革。在这里，儿童文学阅读的意义不在于将作品、作家视为膜拜的对象，而在于从中培养、获取对语言、文字、文学以及文化的稳重把握与成熟理解。

但这并不意味着他们不重视儿童文学的文学性。乔对中国当代图画书《团圆》的细读分析给我留下了深刻的印象。与海岚、芳淑这样的学者相比，乔对中国儿童义学的关注与兴趣可能属于另一种类型。他虽不懂中文，但对中国儿童文学非常感兴趣，不但在课堂上与学生讨论中国儿童文学作品，还在上一年的期末考试中将《青铜葵花》列为试题之一。全英汉语教学年会过后，我将主办方录制的我的演讲视频发给他，他从头到尾看完，并在邮件里与我交流感受。我在剑桥儿童文学研究中心碰见的亚裔儿童文学研究生，多是乔的学生。他希望我介绍一些有英译本的中国儿童文学作品给他，我便向他推荐了若干种，并在英国亚马逊网上购买了英文版的《团圆》和《夏天》送给他。他非常喜欢，在邮件和视频交谈中跟我仔细分析《团圆》一书的细微妙处。《团圆》我读了多遍，但乔对书中一些细节的发现和解读方式，仍然给我很大的惊喜和启迪。于是就有了我们关于《团圆》的对谈。乔谈到了图画书中画面与文字之间的密切合作，这在今天已经成为图画书研究界的共识，似乎并无特别的新意。但他进一步分析了由文字与画面的合作带来的图画书叙事的独特模糊性与复义性，并由此提出了这样的解读：在《团圆》中，毛毛的硬币究竟是失而复得，还是父亲安排的一场善意的谎言？如果是后者，这部图画书的儿童视角将发生什么样的转变？他的分析提醒我们关注图画书中儿童视角的复杂性，以及图画书叙事独特的丰富性。我曾问他，像《团圆》这样的作品，显然并非以当下儿童文学作品常见的游戏性和趣味性见长，你觉得它在西方世界会受到读者的喜爱吗？他回答说，我认为这是一部非常优秀的作品，它的故事很鲜活，情感很动人，图画与文字的配合密切融洽。乔的儿子读高中了，非常喜欢《团圆》。在乔看来，这也证明了优秀的图画书其实并不只是低幼读物，而是包含了对成年读者来说也十分丰富的解读和体验空间——这也是图画书这个特殊的儿童文学门类在今天会日益得到大小读者关注和喜爱的重要原因。

这次对谈意犹未尽，乔问我有没有兴趣跟他合作写一篇较为深入地解读《团圆》的文章。2020年10月，我如期结束访学回国，我们通过电邮继续讨论论文的写作。2021年春天，这篇文章被国际儿童读物联盟（IBBY）会刊《书鸟》（*Bookbird*）录用。按照乔的建议，我们以"视角中的视角"作为这篇文章的副标题，意在强调儿童图画书中儿童视角的深度。这是一次跨文化合作研究的有趣尝试。讨论的过程中，我们的观点有呼应，也有对撞。正如乔所说，这样的探讨证明了真正优秀的儿童文学作品是不受地域、文化和语言边界限制的。

三

比对谈更珍贵和难忘的是温暖的友情。

在剑桥的一年，乔给了我很多帮助。我来剑桥之前，我们并未见过面，只是简单地电邮往来。我去教育系报到的第一天，本该与我接洽的主任秘书正好有事离开，工作人员便打电话给乔。他那天刚巧在院，便从另一幢楼的办公室赶来，一身正装，系着领带，英国绅士那样彬彬有礼。我呢，裹着长长的黑羽绒服，下摆上还沾着雨天溅起的泥点。教育系的楼不大，他带我一层一层地参观认识各处，包括三楼的系办公区、我在二楼的办公室、一楼的图书馆等，又细心交代办公室钥匙等事宜。道别时，他笑眯眯地说，祝你在剑桥访学生活愉快。

不久后，我们在荷兰乌得勒支大学修辞学教授米切尔·伯克（Michael Burke）的讲座上重逢。乔就坐在我旁边。讲座间隙，我们聊阿诺德·洛贝尔（Aronld Lobel）的童话，聊狄更斯的小说，聊得十分畅快。2020年新年将至，乔和夫人在家里精心准备了晚餐，邀请我们一家前往。那天晚上，因为儿子突然发烧，我们没能如期赴宴。假期过后，他们准备安排第二次宴请，但因疫情突起，官方取消了一切聚会，随即便进入了全国封锁。封锁期间，他每周定期给我的邮箱里投一封电邮，确认我和家人一切安好。待到疫情稍稍缓解，户外聚会放开，他在7月、9月先后两次邀请我们一家去剑河划船。其实划船的是乔，我们只管坐在船上，由他一边熟练地撑着长篙驾船，一边给我们讲解沿途的景致。卫平也想分担些撑篙的辛劳，尝试之后，才发觉撑篙不仅是个体力活，更有熟能生巧的技术深藏其中。乔喜欢徐志摩的《再别康桥》，专把诗里写到的那棵柳树指给我们看，还有"软泥上的青荇"。每次总是划到剑河拐弯处的一棵大柳树下，饮水休息后，再原路返回，整个行程将近三小时。回想起来，令我们既感动，又十分过意不去。回国后，收到乔的来信，信里提到他去剑河划船，每经过那棵柳树，总会想起我们一家。

乔·萨特里夫·桑德斯在剑河

我抵达剑桥不久，就收到海岚从伦敦发来的问候。我们想当然地以为不久就能见面，但疫情一来，聚会的计划只好搁浅。封锁期间，她发来消息，询问我们是否一切都好。6月的全英汉语教学年会，她也来到了在线会议室，听完我的演讲，默默地留言。会议一结束，她就给我发来祝贺与鼓励的温暖短信。因为乔对中国儿童文学的兴趣，我介绍他与海岚相识。中秋节前夕，乔从伦敦归来，捎回了海岚托他带给我们的一盒精美的月饼。节日当天，儿子带去学校的点心，就是海岚送的月饼。10月中旬，我刚回到国内，她的邮件也紧随而至，既来相询是否一切平安，又发来她刚整理完毕的对谈英文稿。经她整理后的稿子，洁净齐整，我知道，背后是大量时间和精力的付出。回国后，我与海岚、芳淑在《华文写作——当代华语文学期刊》的在线编委会上重聚。会议结束，已是北京时间晚上11点，我们就借着原来的线上会议室，又愉快地聊了一个小时。

在剑桥的时光，难忘居住在科顿小村的郁蓉女士一家。一年里，得到她和家人的很多帮助，令我身在异国他乡，却常感到另一个家的温暖。客居剑桥，不时会收到她关心询问的短信。圣诞节前夜，她给我们送来了德国的圣诞姜饼，还有红缎带扎着的一束晶莹透亮的槲寄生。2020年1月中旬，山东教育出版社刘东杰社长到伦敦，专程赶来剑桥与朋友相会。她和先生海宁教授携全家邀请我们大家在丘吉尔学院的餐厅午餐。午餐后，我们沿着安静的步道走边聊，恍如回到了家乡。儿子就读的学校就在科顿，有时在接送孩子上下学的路上，我们匆匆相逢，她也正忙着去接孩子，上学，放学，钢琴课，小提琴课……回到家，她要打扫房子，打理花园，给先生和三个孩子做饭，还要带着孩子们各种玩。我常常想，她的那些精美细致、充满创意的插画，不知是怎么一点儿一点儿地挤出时间来画的。虽是那样的忙碌，她的身上却仿佛有种永不疲倦的活力，就连挖野菜、孵豆芽、擀面条这样的琐事，也让她做得充满艺术的灵感和滋味。从她身上，我常感到生活本身就是一件珍贵的艺术品。

我在剑桥儿童文学研究中心的在线演讲，正在美国伊利诺伊州立大学访学的南京师范大学谈凤霞教授也拨冗来听。演讲结束后，又有机会与她短暂交流。谈及当代西方儿童文学理论，我感到，作为中国儿童文学研究者，我们关注的话题有许多共鸣。对于如何学习、借鉴西方儿童文学理论成果，如何从中吸收中国儿童文学本土理论建构的经验，我们的关切和思考有着十分相近的地方。凤霞教授亲切温柔，学养深厚，也曾在剑桥儿童文学研究中心访学。在西方学术主场，她的在场令我倍感温暖。

没有人想到，2020 年会遭遇一场突如其来的全球疫情。来剑桥前，我与纽卡斯尔大学儿童文学研究团队的同行联系，曾约定在英国相见，后来当然没能实现。4 月里，德国慕尼黑国际青少年图书馆的欧雅碧女士也写信来，说她正想买机票来看海岚和我，疫情就起来了。我们只好都在邮件里互道珍重。疫情改变了人们的日常工作与生活，短暂的惊惶与忙乱之后，大家很快调整状态，适应新的秩序与安排。剑桥大学的各座图书馆于 3 月底关闭，5 月又重新开放，并为读者做了工作上的重人调整。为了社交疏离，读者暂时不被允许进入馆内，但可在网上预约学校或院系任何一座图书馆的开放借阅图书。工作人员收到预约申请后，从书架上找到相关图书，装在专用的塑料袋里，等待读者前往主图书馆大厅领取。剑桥大学主图书馆阔大幽深，我去借书，曾几次在曲折的廊间迷路，况且还有一百多家院系图书馆，很难想象这样的安排给工作人员增添了多少新的麻烦。正是受惠于这一服务，我的访学研究工作得以继续顺利开展。那时候，每隔几天，我便会戴着口罩出现在主图书馆门口，从那里拾级而上，通过大厅内临时隔间的小窗口，向工作人员取回属于我的借阅袋。回国前最后一次还书，我向大厅的图书馆工作人员郑重道谢。那天骑着单车，缓缓驶过两边秋意已浓的田野和树丛，心里充满惆怅，也充满感激。

整理这部对话和演讲集，在剑桥访学一年间的种种，重又生动地浮现在脑海，于是情不自禁地记下了这些与对话有关的思考和背后的故事，也是为那些时光，留下一份文字的纪念。

赵霞

2021 年 8 月 30 日改定

图书在版编目（CIP）数据

一切无不与童年有关：剑桥儿童文学对话 / 赵霞等著. -- 北京：中国少年儿童出版社，2022.4
ISBN 978-7-5148-7012-1

Ⅰ．①一… Ⅱ．①赵… Ⅲ．①儿童文学－文学研究－世界 Ⅳ．①I106.8

中国版本图书馆CIP数据核字(2021)第184956号

YIQIE WU BU YU TONGNIAN YOUGUAN:
JIANQIAO ERTONG WENXUE DUIHUA

出版发行：中国少年儿童新闻出版总社
中国少年儿童出版社

出 版 人：孙 柱
执行出版人：张晓楠

审　　读：聂 冰　刘川勇		封面设计：朱 曦	
责任编辑：包萧红　韩春艳		责任印务：李 洋	
美术编辑：朱 曦		责任校对：刘晓成	

社　　址：北京市朝阳区建国门外大街丙12号	邮政编码：100022
编 辑 部：010-57526814	总编室：010-57526070
客 服 部：010-57526258	官方网址：www.ccppg.cn

印　　刷：三河市中晟雅豪印务有限公司

开本：880mm×1230mm 1/16	插页：4　　印张：19
版次：2022年4月第1版	印次：2022年4月河北第1次印刷
字数：178千字	印数：5000册

ISBN 978-7-5148-7012-1　　　　　　　　　　定价：48.00元

图书出版质量投诉电话010-57526069，电子邮箱：cbzlts@ccppg.com.cn